The

Essence

of

Art

艺术是情感的载体，
既是情感的表达，
又是情感的滋养。

艺术的真谛

孙家正 / 著

人民文学出版社

图书在版编目(CIP)数据

艺术的真谛/孙家正著.—北京:人民文学出版社,2013
ISBN 978-7-02-009930-6

Ⅰ.①艺… Ⅱ.①孙… Ⅲ.①散文集—中国—当代②诗集—中国—当代 Ⅳ.①I217.2

中国版本图书馆CIP数据核字(2013)第131519号

责任编辑　杜　丽
责任校对　刘光然
装帧设计　刘　静
责任印制　李　博

出版发行　人民文学出版社
社　　址　北京市朝内大街166号
邮政编码　100705
网　　址　http://www.rw-cn.com

印　　刷　北京千鹤印刷有限公司
经　　销　全国新华书店等

字　　数　132千字
开　　本　640毫米×960毫米　1/16
印　　张　18　插页3
印　　数　13001—14500
版　　次　2014年1月北京第1版
印　　次　2014年9月第4次印刷

书　　号　978-7-02-009930-6
定　　价　38.00元

如有印装质量问题,请与本社图书销售中心调换。电话:01065233595

悠远清新／断断续续／有一只布谷鸟／轻轻地吟唱／在这初夏闹市的清晨

一丝温馨／一丝慰藉／随着清凉的晨风／沁入心脾／如干涸荒漠的流泉

穿越尘霾／穿越喧嚣／穿越浮华与冷漠／这执著的呼唤／如一阵春风细雨飘过

润湿了天空／润湿了土地／润湿了荒芜的心灵／还有那枯萎的憧憬

于是　这梦中的世界／一片葱茏

——《窗外有只布谷鸟》

目 录

第一辑

003 / 老人与树
008 / 雪貂
010 / 野化训练
014 / 随感三则
016 / 春雪

024 / 艺术的真谛
029 / 不是生母 便是乳娘
035 / 城市家园
041 / 设计我们的生活
045 / 魅力何来

050 / 依然闪烁的智慧之光
058 / 文化视角看江西
064 / 我们需要一种虚怀若谷的激情
069 / 纪念杜甫
076 / 人问
079 / "黄色"的尴尬
083 / 敬畏故宫
086 / 意象雕塑

089 / 温馨与期待

092 / 文化价值及文人风骨

097 / 文化与人生

116 / 观音的级别问题

118 / 为了太湖碧波荡漾

123 / 花莲访证严法师

127 / 金融危机的文化反省

131 / 人需要一点诗的情怀

134 / 琴韵悠扬

136 / 关于昆曲及其他

139 / 一位真诚的学者

144 / 魂牵梦绕是此书

149 / 守荣其人

151 / 文化回报无可比拟

153 / 中华文明的艺术表达

157 / 媒体的文化责任

161 / 报道的角度

163 / 谈播音

171 / 永远的鲁迅

175 / 敦煌的文化魅力

184 / 关于非物质文化遗产

191 / 也说艺术创新

194 / 文艺是照耀人们前进的灯火

第二辑

199 / 窗外有只布谷鸟

201 / 雨花台

204 / 致非洲友人

206 / 心灵的真实

208 / 你竟让我如此倾心

210 / 故乡的小河

212 / 父亲

214 / 青春在微笑

221 / 贵宾楼记

223 / 闪电

225 / 不息的河

227 / 海峡行吟(五首)

231 / 寻找与守望

233 / 秋日情怀

235 / 墓前絮语

237 / 请不要叫我孤儿

242 / 祖父谈人生

243 / 铃铛谣

245 / 背后,那深情注视的目光

248 / 母亲的眼睛

250 / 平民英雄

252 / 我去看世界

254 / 六十周年国庆又逢中秋

255 / 深情的百花

257 / 春的思念
259 / 纪念塔前口占
260 / 赠友人
261 / 别徐州
262 / 霜径行吟
263 / 在莫斯科惊闻"9·11"
264 / 少年行
265 / 白首之歌
266 / 静待云开月朗时
267 / 夏荷亭亭
268 / 读《宁夏颂》

269 / 青海日月山
270 / 酒泉怀霍去病
271 / 儋州怀苏轼
272 / 千年浩叹说放翁
273 / 韩城祭司马迁
274 / 涿县仰怀人文三祖
276 / 雨中游张北感赋
277 / 蔚州感怀
278 / 夜访银达村(二首)
280 / 沙声泉影两依依

281 / 后记

第一辑

老人与树

老人躺在乡卫生院的病床上。床头立了个架子,架子上吊了个瓶子。老人望着那瓶里的水通过一根橡皮管,正在一滴一滴流进自己的血管里。

医生说:"无大碍,只是受了点风寒,挂了水,烧便会退掉,烧退了,病自然也就会好的。"老人将信将疑,"咳,七十出了头,死也值了,还花这个冤枉钱!"他瞥了医生一眼,一副来去无牵挂的样子。话虽这么说,其实,并非如此。

老人原本有个不算富,也不算贫,不算大,也不算小,不算热闹,也不算冷清的家。老伴走得早了点,但儿子、媳妇还算孝顺,孙子聪明、乖巧,特让他欢欣。后来,儿子跟着建筑队进了城,接着,媳妇也去城里打了工。老人开始觉着这小院子是有点冷清了。不过,慢慢也就习惯了,还有孙子呢。

小时候,孙子成天跟着他,缠着他讲这讲那。后来,孙子长大了,上学了,不再缠他了,做完功课,还会给他讲一讲学校或学校外边的事情。再后来,孙子考上大学,也进城去了。开始,孙子不时还会来封信,慢慢地信便少了。老人心里牵挂,但并不埋怨孙子。孙子小的时候,成天背个大书包,老人每天目送他上学,孙子越走越远,那背上的书包似乎越来越大,大得他都看不见自己的孙子了。小学的书包便那么重,大学要看的书,想必是会更多了。

老人是个通情达理的人,他总是能够找到开导自己的理由。再说,孙子不在,还有门前那棵老榆树呢。

这棵老榆树有多老,老人也不清楚,反正在自己光着腚的时候,就在树下玩耍了。那时候,树干就粗得三个小孩都抱不过来,树干上长满了疙疙瘩瘩的树瘤儿,树冠似柄擎天巨伞,覆盖了好大一片地面,乡亲们坐在树下乘凉聊天,日头晒不着,小雨淋不着。春天里,满树悬挂着一串串的榆树花,那淡淡幽幽的清香,满村都能闻得着。榆树的花、叶子、树皮都可以充饥,村里上了点年纪的人都记得,那几年灾荒,这棵老榆树可救了村上不少人的命。

孙子走后,老人去老榆树的次数明显地多了。他常常扶着树干,望着远处的山路,一待便是大半天。有时,人们问他:"老爷子,望儿子,还是望孙子呀?"老人总是回道:"谁都不望,看树呢!"

这话一半是真,一半是假。说谁都不望,显然是假;说看树,那倒是真话。老人祖祖辈辈居住的这片山地,土少石头多,加之干旱少雨,满山长得尽是荒草和一些歪七扭八的灌木,极少像样的大树。这棵老榆树可算得上是山里的奇迹,村里的宝贝了。记得,小时候进山打柴,曾迷了回家的路,当爬上一个小山包时,一眼便望见了门前这棵高高耸立的老榆树。几十年来,娘走了,爹走了,后来,老伴也走了,村上的老人,一个个都陆续地不在了,比自己老的,又比较熟悉的,也就是这棵老榆树了。儿子、媳妇,特别是孙子,离家去城里以后,老人的魂好像就拴在这棵老榆树上了。

可是,谁会想到,老榆树竟然也离开他,进了城。

那天,从市里开来一辆大吊车,把老榆树连根挖起,拖到城里去了。老人平时沉默寡言,懒得去理那些闲事,这次到底还是忍不住了,他冲着挖树的人责问道:"这树碍着你们啥事啦,大老远跑来惊动它?"市里来的人倒也和气,一个小伙子笑着回道:"老爷子,这树有福气啊,市长请它去城里住啦!"另一个中年人推开那年轻人,向老人作了解释,原来市里要创建生态文明城市,正在突击地购树、栽树。还说,这棵树市里可是花了大价钱,村里准备用这笔钱为村民打一口水井,今后,再也不必跑好几里山路去挑水了。

老人无言以对。这件事很难说谁有什么不是,不仅没有,甚至可以说,这是两全其美的好事。市长,为城里人做了好事;村长,为村里人做了好事。一般来说,想通了的事,老人便会释然。可这次不知怎的,道理似乎明白了,可心里老是憋屈得慌。自从老榆树被拖走后,老人像掉了魂似的,丢三落四,恍恍惚惚,稀里糊涂,竟不知这几个月是怎么过来的。

春天又来了，老榆树又该冒出新芽了，无需多久，那盛开的榆树花又要串串挂挂，满树地摇曳了。老人下了决心，无论如何，得进城去看看那棵老榆树了。

老人还是好多年前去过市里，这次一看，委实让他吃惊不小。城里的高楼变多了，马路变宽了，路边的树木整齐挺拔，就似两排昂首站立的士兵。市中心新建了一个好大的广场，老人边看边估摸着，这么大一片土地，平平整整的，如果种庄稼，一年该会收多少担粮食哦！老人顾不得细想，他的心思在老榆树。

广场四周是一个环形的林带，全是新栽的树木。他一棵棵看过去，多是银杏、香樟等名贵树木，只是不见他的老榆树。他仔细寻了一遍，仍然不见踪影。他鼓起勇气问正在给树浇水的园工："可有榆树？"那人看一眼老人，指指不远处一个角落，不屑地回道："那儿好像有棵榆木疙瘩。"老人白了那人一眼，径自朝广场边上走去。

没多远，老人在众木林立之中，一眼就认出那疙瘩累累的老榆树了。老人似见了多年不见的老伙计，迫不及待地加快步伐，赶了过去。待到跟前时，老人不禁愣住了，远望是它，近看又几乎认不出来了。主要是那庞大的树冠没了，树干上面那繁密而舒展的枝杈被剪截得七零八落，参差不齐。最让他诧异的是，老榆树的树干上，竟然吊着两个水袋子，好像在给树挂水。

老人面对着老榆树,盘腿坐下,看了好一阵,然后起身,上上下下又把老榆树打量一番,还用手拍了拍那粗糙的、疙瘩累累的树干,摇了摇头,长长地叹了口气,便离开了。

折回的途中,又碰上了那个让他有点反感的园工。老人犹豫一下,还是忍不住地问他:"小师傅,这树,干吗还要挂水呢?"那园工见老人客气且诚恳,便十分和气地向他解释:"树和人一样,肯定是有麻烦了,挂水是救它的命呀!"他还指着老榆树,叹了口气道:"这么老的树,搬动移栽,水土不服,要遭一劫了!"老人再没声响,脚步明显沉重起来。

老人回到家里,不吃不喝,倒头睡了三天。村支书听说后,赶了过来,摸一下老人的额头,大喊一声:"送医院!"

老人躺在乡卫生院的病床上。床头立了个架子,架子上吊了个瓶子。当瓶子里的水就要滴完的时候,医生又进来了。

老人一改原来那副无所谓的样子,郑重而小心翼翼地问医生:"大夫,这挂水,真的就那么顶用么?"老人态度的转变令医生甚为惊奇,但他并未深想,只是笑笑说:"当然。"

老人脱口又问道:"那么,树呢?"

"树?"医生怔怔地望着老人,一头雾水。

雪　貂

小时候，曾听过一个故事。从前，雪山之中有一种神奇的动物叫雪貂，它的皮毛极为珍贵，但该动物生性胆小警觉，行动敏捷异常，极难捕获。然而，这种小生灵对于人类却偏偏有一种天生的怜悯之心。每当它发现雪地里有人冻僵时，便小心翼翼地上前呵护，伏身相温，直至人苏醒后才迅即跑开。于是，捕貂人常用之术，便是手藏利刃，佯装冻僵，卧于雪地，待雪貂前来相救时，便乘其不备，一刀毙命。当年听这个故事时，曾伤心而泣下。多年以后，每当忆及此事，仍然心痛不已，不忍复述！

据说，如今在那茫茫的雪原之中，已无人见过或听说过有雪貂救人的事情了。是这种小生灵早已被诱捕殆尽，还是虽然雪貂尚存，但它们已于惨痛之中学会自保，再也不做冒险救人的"傻事"呢？

利用对方的善良，进行欺骗、做坏事，甚至加害的，可以

——雪貂

说,是诸恶之中,令人最难以容忍的行为了。因为,这种行为的恶劣后果,往往导致人们对于善良的怀疑和绝望。而对于善良的怀疑和绝望,正是残忍之所以发生和蔓延的根源。

野化训练

前年秋末,我去东北出差,应朋友之邀,参观了东北虎野化训练基地。所谓基地,其实,与一般的野生动物园并无多大差异。我们一行十几个人,挤在一个面包车里,为确保安全,面包车的所有窗口,全用钢筋铁条严严实实地封着。有人打趣道:"真是报应,以前参观动物园,动物被关着,人是自由的;现在倒好,动物获得了自由,把人关了起来!"好奇、紧张,让大家格外兴奋,一路上,兴趣盎然,谈笑风生。

在一辆吉普车的引领下,穿过了三道警戒,面包车缓缓驶入了园内。透过车窗,只见三三两两的老虎散落各处,懒洋洋躺着晒太阳,见有参观的车辆驶入,便自四处向车子围拢过来。虽然不紧不慢,显得颇为矜持,但仍然可以觉察出某种难以掩饰的欲望和期待。

忽然,前导的吉普车里,有人将一只公鸡抛出了车外。那公鸡落地后又腾空飞起,继而,慌乱地落在吉普车的顶上。几乎同时,只见一只老虎,如离弦之箭,嗖地一声,蹿上车顶,眨眼之间,那公鸡已在其口中。老虎跳下车后,复归从容不迫的状态,缓缓地走到一棵大树下,打理起它捕获的食物。我平生第一次见识老虎吃鸡的情景,完全颠覆了我固有的"狼吞虎咽"的想象。只见那老虎用两只前爪按着公鸡,然后龇着牙齿,慢条斯理地拔起鸡毛来,那仔细认真,一丝不苟的状态,简直与绣花无异。不大的工夫,那老虎便将猎物打理完毕,叼着白生生的光鸡,另觅隐蔽处享用去了。这全过程,其他几只虎只是远远地、馋涎欲滴地看着。

我们跟着引导车继续向前,剩下的几只老虎远远地尾随着。不一会儿,只见吉普车的后门突然打开,接着,便从车里推下一个牛犊来。这个愣头愣脑的家伙,摔下车后大概被吓了一下,但似乎很快便觉没事了,它跟跟跄跄地站起来,甩了甩头,抖了抖身上的泥土和草屑,竟悠闲地啃起草皮来,对于自己身陷绝境,似乎浑然不知。就在牛犊低着头吃草时,那几只老虎正俯身伏地,匍匐前行,悄无声息地从后面包抄过来。不知是听到了,还是嗅到了什么,相距仅有几米时,那牛犊猛然发现大难临头,便慌不择路地奔跑起来。包抄过来的几只老虎,随即改潜行伏击为奋力强攻,死死盯着牛犊,馋涎欲滴,紧追不舍。相距尚有三四米时,只见靠前的那只老虎忽地腾空跃起,一口便咬住了牛的咽喉,随即,猛地一扭,那牛便轰然倒地,再无招架之力。那只老虎一面死死咬着牛颈不放,一面警惕地环顾周围,发现有的虎企图靠近分享猎物时,便发出一声沉闷而威严的吼声,这吼声足以让那些同类望而却步。它们似乎明白目下分享的无望,于是,恋恋不舍地离开那诱人的猎物,掉转头来,跟随游客们的车辆继续前行。

车行到一片开阔的草地时,又停了下来。前导车里抛出一团毛茸茸、白花花的东西,仔细一看,原来是一只人工饲养的小白兔。这小生灵一落地,就显得异常警觉,它伏在地上四处张望,原先耷拉着的两个大耳朵,高高地竖立起来。当它发现周围有四五只凶恶的庞然大物正向自己包抄过来时,简直是吓坏了。它紧紧趴在草地上,浑身在战栗,两只眼睛仓皇闪烁,四处张望,似在寻觅生路,又像在祈求救援。老虎们仍然不动声色,稳步逼近,合围圈越来越小,那可怜的小生灵落入虎爪,看来已毫无悬念。然而,也许老虎和游客一样不会想到,就在这千钧一发之际,只见那白兔纵身一跃,跳出合围,奔向吉普,一头钻进汽车的底盘下,再不出来。老虎们傻了眼,围坐在吉普车周边,无可奈何。"车快开走!车快开走!"游客们七嘴八舌大声嚷着。吉普车慢慢地开动了,老虎们尾随汽车,等待着机会。那白兔似乎明白,在这草地旷野之上,在这众目睽睽之下,唯有这车底才有它的一线生机,它随汽车同速行动,车快则快,车慢则慢,车停,它也便停了下来。尾随的老虎,渐渐显得有点不耐烦,但又不愿轻易放弃。游客们也有点急不可待,开始嘲笑、调侃那驾驶员的无能。

突然,那吉普车猛地加速,在草地上颠簸狂奔起来,老虎们似乎看到了希望,穷追不舍,游客的面包车也紧紧地尾随着,急切地期待那捕猎的场面。车厢内紧张、兴奋、热烈的气氛达到了高潮。那辆吉普车如此高速,却仍然难以甩掉那只白兔,于是,在风驰电掣般急驶之中猛地来了一个近乎九十度的急转弯,接着,便是游客车内"啊!"的齐声惊叫。我定睛望去,只见吉普车拐弯处,那只可怜的兔儿,已似一张雪白的剪纸,薄薄地、紧紧地贴在草地上。尾随的老虎先是一愣,接着,便显得十分失望和沮丧,然后,悻悻地、无精打采地散去了。游客们意犹未尽地开始了回程。

回来的路上,导游显得格外兴奋,说自己到动物园十多年了,还从来没有看到过今天这样精彩的场面。还说,这个"野化"项目如今已是市里经济发展的金牌项目。游客们议论着,感叹着,车厢里的气氛并不热烈,多数人保持着一种异乎寻常的静默。我斜靠在座椅上,茫然地望着窗外。起风了,满地落叶在晚风中翻转飘零。我下意识地掖了一下外套,忽然觉出,东北的晚秋竟是如此的凉气逼人。

随感三则

书法与做人

启功先生论书云:"行书宜当楷书写,其位置聚散始不失度,楷书宜当行书写,其点划顾盼方不呆板。"其实,做人亦然。方正严谨而不拘,豁达潇洒而不随,清高自守而不傲,平和乐群而不俗,其为人也,思想深邃而心地单纯,饱经沧桑而童心不泯,霜染鬓发,仍如生气勃勃之少年。于我者,虽不能至,心向往之。

关于等待

西蒙诺夫的诗《等着我吧》,是苏联卫国战争中非常有名的诗篇,真是百读不厌。有人等待,是日常生活中的温馨和幸福,是危难时刻的勇气和力量,是绝望之中的希望和坚持。然而,人们不应只是期望他人的等待而疏于自己的等待。许多时候,"我等着你"比"你等着我"更坚贞,更感人。如果说后者是一种热爱和期望。前者则是一种承诺和奉献,一种真正的大爱和大勇。

欣赏艰难

观剧归途,心潮难平,久久沉浸在跌宕起伏的剧情之中。人们欣赏文学艺术时,总是喜欢曲折离奇,而对于自己的人生,则总是期望一帆风顺,波澜不惊。艰难曲折之于人生,虽非所愿,但往往在所难免,苦难由此而来,同时,精彩往往亦由此而生。对于人生的艰难曲折,正确的心态,是勇于面对,泰然处之,而最高的境界,除了奋斗、磨砺之外,也许,还应学会参悟和欣赏。

春　雪

一

连续多天的雾霾,灰蒙蒙,阴沉沉,与人赌气似地憋着,憋得人快要喘不过气来了。憋着,憋着,终于憋出一场好大的春雪来。

天亮得似乎提前了许多,老人起床后才明白,原来是积雪映照所致。窗外望去,地,雪白雪白,天,湛蓝湛蓝。推开窗子,一股清新的、凉爽的风扑面而来。他本能地掖了一下外套,接着,便忍不住贪婪地,深深地吸了一口这雪后的空气,直觉得润心洗肺,爽脑怡神,就似热极了、渴极了的盛暑里,喝下一口家乡那冰镇的酸梅汤。

五岁的小孙女妞妞,平时老爱赖床,听说下雪了,一骨碌,自个儿爬了起来,胡乱地穿了衣服,便吵着闹着,要爷爷带她去对面小公园里去堆雪人。

早饭后,这爷孙俩踩着积雪,便兴致勃勃地出了小区。脚下的积雪吱吱地响着,清脆而有节奏。妞妞开心极了。老人看妞妞在雪地上欢快地跑,就似小鸟在白云里飞。街上的人渐渐地多了起来,有的弓着腰,急急匆匆而又小心翼翼地忙着赶路,有的人则不紧不慢,一边溜达,一边欣赏雪景,还有的人大概专门奔着这难得的空气才出来的,只见他们舒臂张胸,仰天俯地,在做着深呼吸。一场春雪,让多天来笼罩大地、压抑心头的雾霾一扫而光,这个繁华喧嚣的都市,一下子变得洁白、宁静而富有生机。

他们顾不上细看这雪后的景色,径直走向十字街口,那儿拐个弯便是他们要去的小公园了。

走着走着,妞妞忽然放慢了脚步,悄悄地拉了拉爷爷的手。老人驻足望去,只见街口一侧的小土堆上,站着一个大约也就七八岁模样的男孩。那男孩敞着乱蓬蓬的头,上身穿一件脏兮兮的、长到膝盖的棉袄,下面是条薄薄的单裤,脚上一双老式的胶底球鞋也已破烂不堪。男孩面前放着一只豁了边的破盆子,里面有少许纸币和硬币。男孩身后的地上,蜷伏着一个衣衫褴褛,怀抱双拐的男人。行人往来,陆陆续续,多数人视而不见,只是经过时,悄悄地加快了步伐;有的人瞥上一眼,摇摇头,继续行路;还有的人,似乎甚为不屑,连头都不转过去,散步赏雪,悠然如常。老人认为,这不能责怪人们的麻木和冷漠,这类利用儿童和残疾人骗钱的伎俩,早已屡见不鲜。媒体曝光,清理整顿,屡禁不止,公安、城管为此很伤脑筋。话虽如此,但每次见到此类情景,老人的内心依然不免有些纠结。

二

老人出身贫寒,当然知道生活的艰辛。大学毕业后,他分配到部队,给首长当了秘书。"文革"时,又随首长到地方工作。一年春天,他们那个地区出现了大批的乞讨农民。首长要求各地立即查明情况。老人永远都不会忘记,当他把汇总的简报交给首长时的情景。各地的汇报不约而同,几乎一致说,当前,本地形势一片大好,人民安居乐业,乞讨乃是邻省某地流入的农民。还说,春季外出乞讨是那个地区的传统,许多农民已习惯以乞讨为职业。首长看了汇报,脸色铁青,"刷"的一声,将简报甩在地上,骂道:"胡说八道!乞讨为业?还传统!老子让这帮饱汉不知饿汉饥的兔崽子统统转业,也改行讨饭去!"老人当时只有二十多岁,但他完全理解了首长的心情。首长是全军著名的战将,参军前也是个苦孩子,几乎饿死在讨饭途中。

改革开放以后,首长已经离休,他也转业到地方,还在东部沿海的一个地区做了领导。他工作的那个地区属于全国先富起来地方之一。全国到他那儿参观学习的人,络绎不绝。对此,他颇感骄傲,甚至有点儿得意。直到有一次一个老同学的一句话对他颇有刺激,让他清醒了不少。这是他大学时的一个同学,毕业以后支边,并在那个地区当了领导。有一次,这位同学率团到他这儿参观学习,考察了几天,说了不少肯定和赞扬的话。再三问有何不足,同学拉着他的手,悄悄告诉他,边区基层来的同志私下有议论,有人说这儿是"天堂一样的生活,薄纸一样的人情!"

有一次,他去看望老首长,谈起此事,老首长沉思良久,没有批评他,却叹了口气,自责地说:"我们对不起边区老区的人民啊!"以后,每次去看望,老首长总是反复叮嘱他:"富裕的地方,要多关心贫困地区!"还特别提醒他:"富裕地区也别大意,再富的地方,也会有穷人。富窝里的穷日子更加难过哟!"

后来,他们那个地区成为全国对口支边扶贫的先进。在本地区,也对贫困农户进行了全面的排查,并率先将城市最低生活保障的做法推广到了农村。

又过了几年,老人也退休了。退休后,他又去看望老首长,不过,不是去家里,而是去首长的墓前。首长临终时,向组织上提了个请求,他说:"俺当兵打仗,东奔西跑一辈子,死了告个假,回家看看穷乡亲,陪陪俺那苦命的娘。"

老人发现,老首长的家乡也真是穷得可以。改革开放都这么多年了,农村草房还占半数以上。乡长倒是热情得不得了,陪他参观,留他喝酒。乡长告诉他,这里,原来穷得叮当响,近几年可以说发生了翻天覆地的变化。温饱早已不成问题,不少人家还有了存款。过去,不少村干部每到春季,就得领着村民外出讨饭,现在大都领着去城里打工去了。

谈到老人工作过的那个地区,这位乡长朗声说道:"呵呵！那可是个天堂般的地方呵！从前,俺这儿的老百姓,差不多年年春荒都要去你们那儿讨生活啊！"老人恍然大悟,对老首长当年甩简报时的心情更能够体会了。

老人退休后常常爱回想当年这些往事,并非因为人老怀旧,而是他真地很想念老首长。老首长没多少文化,脾气也暴躁,但他对老百姓可是情真意切,特别是对于平民百姓的苦难,有一种本能的敏感和发自内心的不忍。这点让他终生难忘。他自认为,没有辜负老首长,自己从来就不是那种富而忘贫,薄情寡义之人。实际上也确实如此,他在任时,这方面口碑不错,退休多年,地震捐款、灾民救济、希望小学这类活动,老人也从未落后过。

唯独这"乞讨"问题,让他烦恼,让他纠结,让他左右为难。儿子说,此类事相当复杂,经济以外,还有法律及管理方面诸多问题。你操不了这个心。儿媳妇本是个善良贤惠的人,也劝他:"爷爷,你扶贫帮困,我们都支持,可现在骗子太多,咱也不能花了钱,反而被人笑傻呀！"老人觉着,这些话都不无道理。加之,诈骗、"碰瓷"之类的事听多了,有时,自己也犯狐疑,如今,政策好,挣钱的门路多的是,有的人拾荒捡垃圾,也可养家糊口。讨饭要钱,不是骗子,大概也是好吃懒做吧！不过,这些想法闪过之后,老人不由得又会自责起来。特别是一想到老首长,心里便很不是滋味。一面是发展变化、目不暇接的新事物,一面是乱七八糟的烦心事,难道这就是人们常说的转型期难以避免的现象么?环境、风气、竟如此地移人性情么?老人自感真的有点疲乏、无奈,力不从心了。更让他不安的是,像自己这般经历的人,尚且如此,那么,年轻人,特别是蜜水里长大的孩子们,又将如何呢?想到这些,老人便不由得忧虑起来。

三

忧虑归忧虑,现实归现实。开始,老人只是觉得自己难以适应这个变化的世界。继而,发觉自己,其实,也正在不由自主地变化着。譬如乞讨这类原本简单的事情,如今真假混杂,让他心烦意乱,纠结不已。但听多了,见多了,感觉也就渐渐地麻木了,迟钝了。再说,自己老了,退了,哪里还管得了这些烦心事呢。于是,碰着了,也只得狠狠心,就当没看见。虽然,也还难免有点儿纠结,但慢慢地,也就见多不怪,习以为常,不冷漠也便冷漠了。

按说,这类骗人的伎俩,妞妞在电视上、网络上也不止一次地看到过,但她仍然磨蹭着不愿离开,一只手在口袋里摸索不停。老人知道,那里有她春节时收到的压岁钱。老人拉了拉孙女,催促道,"妞妞,咱们走吧!"

他们离开土堆,离开那个男孩,往小公园走去。走着走着,老人感到手下变得沉了起来,妞妞显然在往后赖着,接着,她干脆弯腰蹲下,不肯走了。

老人俯身抱起孙女,继续往前走去。但是,没走几步,老人忽然觉出趴在肩上的妞妞,好像正在低声地哭泣。

他连忙停了下来,轻轻地问道:"妞妞,怎么啦?"

妞妞说:"刚才,我看到那个小哥哥哭了!"

老人叹了口气,摇了摇头,继续往前走。

妞妞仍然沉浸其中,追问道:"爷爷,全是骗人的么?"

老人一时语塞,含含糊糊、支支吾吾道:"嗯,多数是……也不一定……"

妞妞好像并不罢休,像是问爷爷,又像是自言自语地嘀咕着:"万一、万一……如果万一……那可怎么办哪!"

老人心头一惊,不禁倒吸了一口冷气,忙问道:"妞妞!你是说,万一这是真的,不是骗人的?"

妞妞"嗯"了一声,伏在老人的肩头,委屈得大声地哭了起来。而且,竟一发而不可收,劝也劝不住。仿佛,那个站在土堆上,站在凛冽寒风里,无人理会的男孩,不是别人,就是妞妞她自己。

老人有点慌乱,手足无措。妞妞的哭声,猝不及防,给他以触动,也让他愧疚。这原是个极其简单的问题,还要妞妞问起吗?再说,假的便可以漠视么?倘若属于诈骗,那男孩的处境不是更加令人忧虑么?

老人自责,又甚感欣慰。他心疼地搂着妞妞,把她紧紧地贴在自己的心口,直觉有一股热腾腾的暖流,蓬勃而起,涌上心头,遍及全身。爷孙俩就这样默默地伫立着,在春寒料峭的雪地上,在初春微暖的阳光里。

过了一会儿,妞妞不再哭泣,慢慢地平静了下来。看来她已拿定了主意。她从爷爷的怀里滑落到地上,拉着老人的手,盯着他的眼睛,不容置疑地说:"爷爷,我们回去吧!"

老人好像仍然沉浸在那热乎乎的冲动里,一时语塞,未及回答。其实,老人正思忖着,除了满足孙女的心愿,自己似乎还应该做点什么。老人俯身看着孙女的眼睛,郑重地说道:"妞妞,咱们回去!"

妞妞牵着爷爷的手,走在前面,脚步坚实有力,向那土堆,向那男孩走去。

太阳升高了,天空又飘下了雪花……

抬头一看,原来是道旁柳树上的积雪在融化、散落。剥落了积雪的柳枝,水淋淋、湿漉漉的,泛出了若有若无的浅黄嫩绿,在初春的阳光里,显得格外清亮、光滑和新鲜。老人忽然想起,惊蛰已过了,惊蛰过后,便是春分了。

艺术的真谛

"开学典礼"这四个字,很容易使人怦然心动。

人生会有许多选择。诸位选择中国艺术研究院,把艺术研究作为自己的专业,我认为是一项明智之举。因为,在目前的风气下,艺术研究实在是一项需要有人沉下心来,认真去做的一项崇高的事业。现代化、全球化在快速地发展,社会也在不断地进步,但是,这个世界实在是显得太喧嚣、太浮躁了一点,在这个沉湎纷华、追逐时尚的时代,特别需要有人能够静下心来,研究一点问题。

诸位选择了艺术研究,那么,艺术究竟是什么呢?仅仅是那些知识、智谋及技巧吗?艺术,说到底不过是人情感的载体,而对于人情感的忽视,正是现代社会的弊端之一。现在,艺术差不多已经成为"技巧"的代名词了!我们走进书店、商场,浏览报亭、书摊,官场的权术、商场的谋略、情场的技巧,等等,林林总总、五花八门,差不多都赫然标着"艺术"

二字！市场经济,竞争激烈,人们对于谋略、技巧的热衷和追求,空前未有。据说,《孙子兵法》、《三国演义》在日本、韩国已畅销多年,恐怕受到重视的,大抵也是其中的谋略、权术和技巧。

其实,当代社会最应该重视的,人们恰恰淡漠了,那就是人的情感。艺术是情感的载体,同学们选择了艺术研究,实际上就是选择了对人们情感的关注。在人们的精神世界中,或者说在文化的结构里,情感占有极其重要的地位。它虽然属于感性的范畴,却是一切理性的源头和基础。这就是古人所说的"道始于情"。如果离开人的情感,不以善良的情感为基础,一切文明礼貌、道德行为之类都不过是虚伪和做作,所谓理想、信念云云,不论多么漂亮动听,也不过是空中楼阁而已。从这一点来说,艺术研究是二十一世纪人类社会需要予以特别重视的问题。

回顾二十世纪,人类社会有许多伟大的发明和创造。比如,把人送上月球,又开始对火星和其他星球的探索了。人们花费了大量的财力,付出了极大的心血,去探索那无穷的宇宙。却往往忽视了另一个宇宙,这就是人的自身。其实,每一个人就是一个独立而完整的宇宙。我们对于外部的探索,宏观会到无垠的宇宙天体,微观会到原子、粒子以及更小的结构,但人们恰恰忽视了对于自身的研究。人类对于自身认识的浅薄,使人做出很多愚蠢而不可思议的事情。所以,同学们选择把艺术作为一门学术来研究,必然涉及人的本质,涉及到人类的自我考察和反省。我认为这一选择,不仅是正确的、崇高的,同时,也是非常时尚的。这个时尚不是广告上看到的那一类时髦,而是指这一课题,既古老又现代,人类面临的这一共同话题,随着世纪交替,变得尤为重要和迫切。法国的作家马尔罗上世纪后期曾预言:"二十一世纪的发展,要么是文化的发展,要么什么也不是。"我祝贺同学们,诸位在浮躁喧嚣的氛围中,能够沉下心来,选择了一个真正值得我们花费心血去研究的课题。

同学们既然选择了艺术研究,我认为,首先需要有一种慈悲的情怀。慈悲情怀从来就是做人做事做学问的不竭动力。人要生存,要养家糊口,当然得有一份正当的职业。职业本身并无高低贵贱之分。但是,对于艺术的研究,它不仅仅是一个饭碗。选择对于艺术的研究,必须要有对人的深层的关爱。对人,包括对他人,对自身,对整个人类,特别需要一种人文的关怀。几年前,我曾会见不丹的一位佛教领袖,他不过十三四岁。吃饭的时候,我悄悄问他说:"我像你这么大的时候,非常的贪玩。您呢?"他说:"我也是啊!我不喜欢成天呆在寺庙里,经常会偷偷地跑出去玩耍一会儿。"我又问他第二个问题:"现在世界上有很多宗教,比如佛教、基督教、天主教、伊斯兰教,佛教中还有大乘教、小乘教,等等,您对众多的宗教有什么看法呢?"他说:"只要您心存慈悲,善待他人,信教与不信教,信什么教,其实,都是无所谓的。"这句话使我对这位少年,肃然起敬。他悟出了宗教的真谛,那么,我们作为立志于艺术研究的青年学者,是否悟透了艺术的真谛呢?

其次,从事艺术研究,需要有一种忧患意识。对于时代的发展,社会的进步,我们当然应持乐观的态度,但也不可陷入盲目。科技的发展给地球创造了很多奇迹。但科技并不能解决人类所面临的所有问题。二十世纪科技的发展,使许多过去人类面临的疾病和灾难都得到了解决,比如,麻风病、天花和其他不少疾病,已经根除,或不难治愈,但有一种疾病,从二十世纪后期到二十一世纪初,直至现在,一直以强劲的势头在持续上升,那就是人类精神方面的疾病。比如,通讯的发达便捷,与人们之间的封闭隔膜;个性的张扬宣泄,与精神的抑郁崩溃,交叉并存,前所未有。在物欲横流,竞争激烈的现代社会,我们特别需要关注人的精神,研究人的情感。艺术不仅是情感的表达,也是对于情感的抚慰和滋养。

再有,艺术研究特别需要追求真理、精研穷究的精神。一种慈悲的情怀,一种忧患的意识,一种精研穷究的学术精神,我认为对于学术研究来说是最为重要的。只有如此,才能澄净心怀,静观万物,既不为时尚所惑,也不为积习所蔽。古人所说的"澄怀观道"就是这个意思。传统文化中有很多宝贵的思想资源,需要我们根据现代社会的实际和要求,进行新的解读诠释;现实生活里有许多新的矛盾和问题,需要我们发现和正视,探索和研究。研,要精研;究,必穷究。我们在精研穷究的过程中,就有可能不断地发现真理,接近真理。

总之,我祝贺同学们的选择,并且寄希望于同学们。诸位怀着纯洁的心情、执著的精神,去追求学问、追求真理,追求有意义的人生,一定可以学有成就。文化实在太需要有一批这样的人了,这是中国文化事业繁荣发展的希望,也是我们对于这个社会能够不断走向温馨未来的信心所在。

此系作者2006年9月29日在中国艺术研究院研究生院开学典礼上的讲话

不是生母　便是乳娘

　　世界运河名城的市长们首次聚会中国历史文化名城扬州,在流淌着千年文明的中国大运河畔,举办首届世界运河名城博览会和世界运河名城市长论坛,共同来讨论运河的保护和利用,共同推动运河城市的可持续发展,这无疑是一次很有意义的聚会。

　　自然的河流是人类文明的摇篮,人工的运河则是人类文明的杰作。在中华民族的历史上,能够与长城并列的伟大创举,我认为首推大运河了。开凿运河的初衷,常常是出于经济、政治或军事上的考虑,运河也确实在这些方面发挥了重要的作用。但是,随着历史的发展、时间的推移,人们越来越深刻地感受和认识到运河的文化意义。

　　从古至今,世界各国人民开掘了许多规模不等的运河,运河沿岸的城市更是举不胜举。仅就中国大运河而言,这次与会的市长和市长代表,就有二十四位。运河城市与运河的关系,可以说是血脉相连。我们聚会的扬州与她身旁的这条运河是在公元前486年同时诞生的。七年之后,扬州将迎来建城和运河开凿两千五百周年的盛大纪念。近两千五百年间,扬州这座城市与运河同生共长,兴衰与共,扬州人满怀深情地把运河称之为自己的母亲河。我未曾系统地研究过世界其他运河与其两岸城市的关系,不太清楚它们与城市的出现,哪些在先,哪些在后。但有一点似乎是可以肯定的,那就是运河毫无例外地养育了沿河的城市。千百年来,运河在航运、灌溉、给水、防洪、改善生态环境等方面发挥了重要的作用,运河给予相关的国家和区域带来巨大利益。特别是,运河毫无例外地促进了沿河城市的发展和繁荣,同时,运河还催生和哺育了一批新兴的城市。运河沿岸的城市及其居民,与运河世代相伴,朝夕相处,密不可分。运河成为城市面貌的特征和不断生长的活力。运河之水融入了市民的日常生活,也荡漾在他们的梦境之中。因此,可以说,运河对于她身边的这些城市,不是生母,便是乳娘。

城市是市民安居乐业的地方,也是他们魂牵梦绕的精神家园。市长是受市民委托来管理城市的,作为城市的托管者,肩负着重大的责任。运河城市的市长要想为市民营造一个安居乐业、形神兼备的城市家园,在从事城市规划、建设、管理的时候,当然就离不开对于城市与运河关系的深刻认识,离不开对于城市精神的自觉培育。

运河不仅哺育了沿河的城市,也赋予了这些城市一种独特的精神和气质,并在长期的发展过程中,逐渐地形成自己特有的城市精神。由于历史、地理、文化背景的不同,这些城市的精神,自然会存在差异,各具特色,但既然同为运河城市,有些方面必然会有共通之处,有些感受和启迪,也许会更容易引起共鸣。

尊重历史,饮水思源的感恩情结。运河沿岸的人民对于运河总是一往情深。运河给人们以一种深刻的历史感。面对运河,人们就会自然地联想到先民们筚路蓝缕,艰苦创业的情景。近两千五百年前,吴王夫差开挖了邗沟,建造了邗城,邗沟是大运河的发端,邗城是扬州城的前身。夫差其人在中国历史上受到的批评甚多,他后来在吴越战争中,国破身亡。但扬州人始终没有忘记他对于扬州和运河的初创之功。还有西汉的吴王刘濞,东拓运河入海,发展盐业,使扬州开始走向鼎盛。刘濞后来也未得善终,但他与夫差至今仍端坐在扬州运河畔的大王庙里受人祭拜。庙前有副对联:"曾将恩威遗德泽,不以成败论英雄。"表达了扬州人对他们的追念。其实,对于大运河,真正称得上功勋卓著的,应首推隋炀帝。这是一个在历史上被大过掩盖了大功的悲剧人物。历史人物和历史现象的评判往往错综复杂,但有一点似乎可以肯定,那就是,对于国家、民族做出过某些贡献的人,人们总是不会忘记的。何况,一切历史伟大成就的创造,其主体都是那些名不见经传的百姓。荀子说:"先祖者,类之本也。"文化遗产是我们民族悠久历史的证明,是我们与遥远的祖先沟通的唯一渠道,也是我们满怀自信走向未来的坚实根基。我们应该永远保持对于历史的尊重和思考,对于祖先的缅怀和感恩。以这样一种认识和情怀,我们就会发自内心地去珍惜、呵护运河,珍惜、呵护我们民族一切优秀的文化遗产。扬州以及许多运河城市的人民已经拥有了这份情感和精神,我们需要珍惜这份情感,弘扬这样的精神。

善于沟通,包容开放的宽广胸怀。文化是什么?从某种意义上讲,文化就是沟通。如果人与人之间没有沟通的愿望,便不会有文化的诞生。这一点,运河与文化极其相似。运河的本质也是沟通。夫差开挖邗沟,沟通了江淮,大运河最终完成,从而沟通了海河、黄河、淮河、长江、钱塘江五大水系。中国的地形西高东低,几乎所有自然的河流都是由西向东流淌,最终注入大海,惟有大运河横贯南北,把诸多水系,以及北方与南方、京城与地方沟通联系起来。世界所有的运河情况不一,但其沟通的功能,莫不如此。比如,苏伊士运河沟通了地中海和红海,巴拿马运河沟通了太平洋和大西洋。沟通是运河的本质特征和功能,也是运河城市应有的城市精神。运河联系着江河湖海,河面上船帆如云,川流不息。生活在运河之畔的人们,耳濡目染,潜移默化,胸怀便会变得开阔博大起来。人们会渐渐明白,自己并非孤立地存在,身外还有一个更加广阔的世界,远处那些素不相识的人们,其实与自己是紧密地联系在一起的。他们希望自己有着美好的未来,同时也把良好的祝愿寄予他人。我们应该弘扬这种善于沟通、包容开放、关爱他人的精神。

永不停息,不断更新的创造精神。我们身边的这条运河是古老的,两千多年前它就已经存在了,维系运河之水不断流淌的堤岸,好像是凝固的,其实,它也在不断地变化着,特别是堤内的流水,可以说每时每刻都是不一样的,正如古希腊哲学家赫拉克利特所言。人们难以两次踏入同一条河流。所以说,我们身边的运河,是古老的,同时,又永远是年轻的,它不停地流淌着、发展着、前进着。逝者如斯,不舍昼夜,流水不腐,万物同理。运河赋予我们一种铭记历史,又不断求新的精神。传统给我们以深刻的归属感,它是我们的血脉和前进的根基,我们应该好生继承、维护赖以生存和发展的根基;创新是最好的继承,它是人类繁衍生息的生命,我们应该与时俱进,永葆不断创新的生命活力。

人与自然互动感应,友好相处的和谐精神。在生产力低下的古代,人们往往是自然的奴隶,人类为了改变自己的命运,总在努力地改造自然,以适应自己的生存和发展。随着生产力的发展,特别是工业革命以后,人类自身的潜能得到了极大的释放和发挥,创造了许多彪炳史册的奇迹,然而,隐忧渐显,人类似乎因此而变得越来越有点盲目,甚至狂妄起来,"征服自然"的企图,鼓动、引诱人类做出许多损害自然、危及自身的蠢事。而运河则是人类处理与自然关系的成功、光辉的典范。人工运河是人类对于自然的改造和利用,但这种改造和利用,只是因势利导地顺应自然,把业已存在的海洋、湖泊、河流用人工的方式连接起来，以造福人类。开掘运河，展示了人类的聪明才智和创造伟力，却又并未因此而堕入征服自然的妄想之中。实际上，人工运河随着历史的发展，渐渐地融入了自然，最终成为人们赖以生存的自然的一部分了。改造自然，但并不损害自然，利用自然，同时又保护自然，这就是运河给予我们的启迪，是运河城市应有的城市精神，也是人类应该铭记的普遍真理。

运河促进了经济的发展，给我们带来了财富，改善了环境，给我们以舒适的生存空间，同时，它也滋养着我们的心灵，给我们以丰富的情感，启迪着我们的思想、活跃着我们的思维，让我们去思考自然变化、社会发展中将会面临的许多新情况、新问题，让我们有智慧、有能力在不断地研究新情况、解决新问题的过程中，创造美好的未来。

此系作者在中国扬州"世界运河名城市长论坛"上的发言

城市家园

伴随着经济的发展、科技的进步，城市化进程明显加快。城市的发展，促进了人类社会现代化的进程。目前，城市的数量和规模日益扩大，全世界城市人口在超过农业人口之后迅速攀升，全球性的"城市时代"已经来临。

对于城市的发展和未来，我深怀隐忧和期待。城市文明的发展是历史的进步，它广泛而深刻地影响着人们的生活方式和社会心理。城市的发展为人们带来了更多的舒适、便利和机会，也带来一些新的困扰和问题。我们赖以生存的城市家园不同程度地面临着记忆消失、面貌趋同、交通拥挤、环境恶化等诸多问题。城市的发展不断地满足并刺激着人们的物质需求，而精神上、心理上的慰藉和憧憬却在不同程度地失落。人们在为城市日新月异的变化而兴奋的同时，应该保持一种忧患意识，冷静思考城市乃至整个经济社会如何科学发展。

我们究竟需要一个什么样的生存空间？我们究竟在追求怎样的生活？当人们试图以全新的、理性的眼光审视扑朔迷离的城市形态时，不约而同地选择了文化的视角。

文化是什么？文化是一定历史、一定地域、一定人类群体生存状态和愿望的反映，同时，又对于人的生存和发展产生广泛而深刻的影响。城市文化问题，可以说是当代倍受关注的世界性话题。

城市的初始，往往出于战争和贸易的需要。可以说，防御和贸易是初始城市的两个基本功能。城市在长期发展过程中，基本上是各种功能的叠加。"城市是文化的容器"一说的提出是城市发展和人们认识的一个飞跃。然而，人们对此的理解和动机仍然各异。因为种种原因，不少人往往有意无意忽略了文化的灵魂——人文关怀，只是将文化作为招揽生意的生财之道而已。

当世界人口的大多数已经成为城市居民的时候，似乎应该明确提出"城市家园"的概念，即，城市是市民的安居之所和精神家园。城市建设应秉持以人为本的原则。城市的规划、建设、管理和服务都必须坚持面向最广大的普通民众，同时也要回应不同人群的诉求。创造人与自然友好相处的生态环境，形成亲切无碍的人际关系，构建和谐自然的城市空间，是民众的共同愿望和要求。面对现代生活的迅捷变化和市场经济下的激烈竞争，人们的物质欲求需要不断地满足，而心理上的迷茫和困扰尤需抚慰。民众的生存状态、心理感受,需要更多的人文关怀。把握"人文关怀"的灵魂,城市文化形态的变化和发展过程便自然成为不断满足人们的精神需求、提高人的素质、促进人的全面发展的过程。城市建设和管理呼唤着深切的人文关怀。一个城市是否具有这种人文关怀的精神、环境和氛围,应当成为考评城市规划建设水平高低、管理服务质量优劣的重要标尺。

形神兼备是文化城市的重要特征。所谓形,就是城市的建筑、街道、景观,表现为城市外在的风貌气度;所谓神,就是蕴含在城市历史和现实当中的文化内涵,闪耀着一个城市独有的内在品格和气质。物态景观和人类活动因共有的文化内涵而和谐统一。一个城市只有形神兼备,浑然一体,并且神采独具,才能保持永不衰竭的魅力。才能成为人们魂牵梦绕的理想家园。

人创造了有形的城市,城市反过来又以无形的方式陶冶人、塑造人。市民的价值观念、思维方式、道德水准、社会风尚等因素是城市文化建设的综合反映,也是城市文化建设发挥作用的过程与结果。

无论是有形的城市面貌,还是无形的城市精神,都是一定的文化使然。文化如水,滋润万物,悄然无声。文化留存于城市空间的每一个角落,融汇于城市生活的全部过程和每一个细节。文化对城市的营造、演变,对市民的生活、行为都产生着潜移默化的作用。城市中的街区、广场、建筑、雕塑、装置、绿化、小品等等构成了城市有形和外在的物态系统,作用于我们的视觉、听觉、嗅觉、触觉而直抵心灵；同时，它们又承载着在城市空间中发生着的人类活动，正是这些千姿百态、生动有趣的活动使城市富有了充沛的人气和旺盛的活力。

拒绝和防止趋同，保护和彰显个性，是当代城市建设中应该特别注意的问题。现代化、全球化无疑是一把双刃剑，其益处无需赘言，其弊端也显而易见。现代化对于传统的消解，全球化对于个性的抹杀已是不争的事实。正因为如此，近年来，保护文化多样性的声浪日趋高涨。尊重和珍惜城市的历史传统、地域风貌和民族特色，方能保持并彰显一个城市所独有的文化韵味。一个城市区别于另一个城市的，不仅在于它的规划布局、色彩基调、建筑样式，更重要的还在于其内在的气质、情感、及其文化底蕴。城市的文化特色将是城市特有风貌和文化精神的完美结合。发现、界定、保护、传承和拓展城市的文化个性与特色，方可构建起轮廓清晰、结构完整、布局合理、神采独具的城市文化形象。

保护历史文化遗产是城市建设中的重大课题。历史文化遗产在城市建设中焕发着穿越时空的悠久魅力。一座城市就是一部历史，我们不能割断历史，割断历史便也撕裂了现在；人类需要前瞻又耽于回忆，我们不能失去记忆，失去记忆也便失去了憧憬。城市中的物质与非物质的文化遗产见证着城市的生命历程，保持和延续着城市文化，并促进着城市肌体的健康发展，同时也赋予了人们真切的归宿感与认同感。我们必须坚守、传承、培育城市的优秀文化传统,尽可能避免盲目开发对文化遗产、文化环境的破坏。精心呵护历史文化遗产,维系历史文脉,留住城市记忆,是人们生存发展的心理需求,也是当代人对祖先和子孙的责任。

城市不是钢筋、混凝土的堆砌物,而是一个有机的生命体。城市的演化和发展是一个生命体的成长发育和有机完善的过程。我们要尊重城市内在的遗传基因,顺应城市的生成肌理和发展规律,在改造与完善中,有机更新,有序发展,使其生态环境不断优化、服务功能日趋完备、文化韵味更加浓郁。

城市建设不但要继承传统,同时也要适应时代的发展和生活的需要不断地创造和更新。成功的城市必定是在保持自己文化传统基础上进行再创新的城市。坚守历史传统、适应时代需要的文化创新是城市发展的灵魂和活力。包括城市建设在内的文化创新,需要有坚定的自信和包容的胸怀。对外开放是中国的基本国策,和而不同是中国的哲学思维,追求和谐是中国人的价值取向。

城市从来就不是孤立地存在。追根溯源,是农村、农业和农民孕育并哺育了城市。这一点,在中国城市化进程中尤为明显。反哺农村,善待农民,促进城乡协调发展是城市发展的应有之义。这不仅是道义上的必须,也是城市自身持续发展的必备条件。

今天是中国的文化遗产日,是中国人感恩祖先馈赠给我们文化财富的节日。来自世界各国的专家学者和市长们聚会北京,就当代城市的发展和前景,特别是城市文化问题,开展交流和讨论,这并非是坐而论道的空谈,而是在探讨一个重大而紧迫的现实课题。它关系到历史和未来,牵系着广大民众的愿望和幸福。作为会议的倡导者之一,我真诚地希望各位畅所欲言,集思广益,以便就当前城市发展中的一些主要问题,开展讨论,形成共识,并以《北京宣言》的形式发布。

此系作者2005年在"北京国际城市文化论坛"的发言

设计我们的生活

　　城市不是少数人的作品,而是属于全体市民。一个城市的设计,关系到这个城市成千上万居民的日常生活,关系到他们对于未来的愿景,关系到他们以及他们的子孙安居乐业的生存环境和魂牵梦绕的精神家园。也就是说,城市设计的本质,其实就是如何设计我们的生活。城市规划、设计的思考和决策,不应该仅仅限于市长和专家。普通市民对于城市设计的关注不应被忽视。

　　一个成功的城市设计,需要城市的领导者、管理者和城市设计专家们的智慧和才华,同时,也需要更多地听取市民的感受和意见。在城市的规划和设计当中,市民们对现有城市生活所满意和钟情的因素,有待于进一步地拓展和延伸;他们对城市生活的憧憬和期待,有待于逐步地得以实现;同时,纠结在他们心头的城市现实生活中的种种困惑和烦恼,也有待于通过新的设计及实施,逐步地得以缓解或消除。所以，城市管理者——我们的市长们，城市设计者——我们的专家们，在进行城市设计、建设及管理的过程中，应该迈开双脚，常到普通市民中走一走，看一看，听一听他们的心声和诉求。

城市，需要有畅通的车道和开阔的广场，也需要有可以安心漫步的小路和静谧的树林；需要繁华和热闹，也需要安静和自然；需要新奇和时尚，也需要记忆和眷恋……总之，不管城市的规划和设计是如何的千姿百态、风格迥异，但有一点是共同的，就是一切成功的城市，总是把普通民众的疾苦和公共的诉求作为重点放在心上，正是在这一点上，体现着一个城市的灵魂，即一种深切的人文关怀精神。

城市的建设和管理，是一个复杂的综合系统，其中处理好三个关系，我认为至关重要，值得我们高度重视。

一是自然与人文相协调。人是自然之子，人类永远不能离开自然的怀抱；同时，文化是心灵的乳汁，人也离不开文化的滋养。广受诟病的"千城一面"等弊端和遗憾，无不源于对特定自然环境和人文环境的背离。特定的自然与特定的人文相协调，才是人们所需要的完整的生态环境，也是一个城市个性魅力之所在。

二是科技与艺术相结合。科技是理性与能力，而艺术是灵性与情感。科技与艺术的结合，就是理性和感性的结合。如是，城市的功能和氛围，才能严谨合理而又不失温情和浪漫。

三是历史与未来相衔接。城市是不断生长着的生命体，割断历史，城市便失去了记忆，失去记忆，便也迷失了未来；城市又需要跟随时代，适应人的需求，不断地发展创新，离开创新，城市也将凝固、枯萎。

这些问题，既不高深，也算不上新颖，只是每个人均可感受到的常识。但是，在实践当中，人们往往并没有真正认识和理解它。我们为城市的发展和进步感到高兴的同时，许多让人忧虑的现象也与日俱增，不胜枚举。比如拥堵，比如污染，比如对于历史文化遗存的忽视和破坏，等等。一些城市楼房越来越多，绿地和公共空间越来越少了。城市的山林、湖泊、河畔，以及历史文化的遗存是城市的独特风貌和景观。然而，城市这些珍贵的公共空间，往往被一些办公楼或豪华小区所占有或"借景"，公众可望而不可即，甚至连望也难以望见了。有些城市热衷于建立新的地标，模仿造假，不伦不类，有的甚至在楼高方面盲目攀比，争什么地区、全国，甚至世界的第一。楼层离地面越来越高了，而人，离自然越来越远了，离人气越来越远了，甚至，离自己越来越远了。

现代化、全球化、城市化，不以人们的意志为转移地向前迅跑。益处自不必说，问题和隐忧是否也应该潜心研究？比如，科技日益发达、信息日益便捷、城市日益繁荣，而人们在心灵上却渐趋隔膜。人们之间，似乎变得越来越陌生了，以至于多少年住在隔壁的邻居，常常擦肩而过，却很少交流，甚至，不清楚彼此的姓名。人们对于现实生活中人际关系冷漠的同时,却沉溺于虚拟世界,热衷于隐身潜行地到网络上,倾诉衷肠,寻找知音。实际上,人类正在渐渐陷入一种难以救治的现代孤独之中。这并非危言耸听,上世纪末本世纪初以来,世界性忧郁症等精神病患者的成倍上升就是证明。因此,就人际关系及文化层面上来讲,世界范围内的城市荒漠化现象,应该引起我们高度警觉和重视。

这类问题当然远非设计所能解决,但与城市设计的本质相通。城市设计的本质涉及到人类的一个古老而永恒的话题,即我们从哪里来,我们要到哪里去?这一问题有助于我们思考,究竟应该如何设计我们的城市?究竟应该如何设计我们的未来?究竟应该如何设计我们自己?

城市化以及城市本身所积累的和正在生发的问题甚多,特别需要我们用心思考,用心去做。

千百年来,一刻不息的运河之水,在我们的身边静静地流淌着,给我们以舟楫之便、灌溉之利、生态之美。运河之水滋养了我们的生活,也滋润着我们的心灵。我们常常怀着感恩的心情,回望历史,缅怀前辈先贤们的业绩与精神。同时,我们也应该清醒地意识到,我们现在所做的一切,也终将成为历史。

此系作者在扬州"全球设计城市峰会"上的发言

魅力何来

一个城市、一个地方究竟是什么东西吸引着人们不远千里、万里来到这里,来了,流连忘返;离开后,又久久难忘?我们讨论城市的旅游问题,实质是在探讨城市的魅力从何而来。一个城市的魅力是城市实力和形象的综合体现。从旅游视角来看,其中三项似乎尤为重要,即:环境是基础,文化是灵魂,服务是关键。

生态环境的优良、美观、独特是一个城市吸引力的重要因素。去年,我去海南省考察国际旅游岛建设问题,有人问我,在发展旅游产业的众多工作中,头等重要的是什么?我说首先,并且永远是生态环境的保护。生态环境是城市及市民赖以生存和发展的基础性条件,我们首先应该是保护,其次是建设、优化,然后才是利用。两年没有来扬州了,昨天,浏览了一下市容,感到扬州又有了许多新的变化和进步,特别是在生态保护和建设方面付出的心血和取得的成效,最令我感动。一个城市、一个地区在为生计所困扰时,总是把经济的增长放在第一位,这个时候,人们往往容易忽视葱茏的山川,忽视清澈的河流,忽视祖先的遗产,忽视人的精神家园。而一旦经济发达之后,环顾四周,人们将会倍感郁闷和寂寞,常常要为付出的代价而扼腕叹息。城市是市民的家园,生态环境是人们生存发展的前提和基础。生态环境的保护和优化,对于旅游城市的重要性,更是不言自明。

文化是城市的灵魂。世界文化的丰富多彩,无可比拟。如果一定要比,我以为,只有自然造化的千姿百态可与之相匹配。对于不同文化的好奇和审美向往,是旅游业发展的深层动因。随着城市化进程的加快,城市文化问题,可以说是当代倍受关注的世界性话题。

城市建设之中,需要特别注意历史文化遗存保护和抢救。文化遗存在城市建设中焕发着穿越时空的悠久魅力。一座城市就是一部历史,我们不能割断历史,割断历史便也撕裂了现在。人类需要前瞻又耽于回忆,我们不能失去记忆,失去记忆也便失去了憧憬。城市中的物质与非物质的文化遗产见证着城市的生命历程,保持和延续着城市文化,并促进着城市肌体的健康发展,同时也赋予了人们真切的归宿感与认同感。我们必须坚守、传承、培育城市的优秀文化传统,精心呵护历史文化遗产,维系历史文脉,留住城市记忆。

表面看来,旅游涉及的问题,多与游客相关,其实,市民才是城市永恒的主体,开发旅游业的初衷、过程和结果始终都应是造福于市民。我们所做的一切,与其说是为了吸引游客,不如说首先而且主要的,是为了城市居民生存发展的心理需求,是当代人对祖先和子孙的责任。

一个城市的文化,不仅体现在人们所创造的精神产品上,更多的是体现在人们所创造的物质产品和人们的行为方式上。文化存在的三种形态,即物态文化、方式文化、精神文化。三者的主体都是人,也就是说,文化不过是人的外化。文化即人。城市文化的实质既是城市历史的见证,也是城市居民和城市管理者素养和特质的体现。而市民对于自己城市的热爱和眷恋,对于世界和他人的热情友善,对于生活的积极乐观、从容自信,特别是那种饱含人性,又别有韵味的生存方式、生活方式、行为方式,更是一道动人的靓丽风景。

形神兼备是文化城市的重要特征。所谓形,就是城市的建筑、街道、景观,表现为城市外在的风貌气度;所谓神,就是蕴含在城市历史和现实当中的文化内涵,闪耀着一个城市独有的内在品格和气质。历史与现实、物质与精神、人与环境,因文化而交织融汇,浑然一体,形成一种似乎触摸不到,却又令人感受深切的文化氛围。物态景观和人类活动因共有的文化内涵而和谐统一。一个城市拥有这种浓郁的文化范围,才可谓形神兼备,才能保持永不衰竭的魅力。

城市独特的风貌和个性是城市之所以具有魅力的重要原因。避免和拒绝雷同,保护和彰显个性,是当代城市建设中应该特别注意的问题。现代化、全球化无疑是一把双刃剑,其益处无需赘言,其弊端也显而易见。现代化对于传统的消解,全球化对于个性的抹杀已是不争的事实。正因为如此,近年来,保护文化多样性的声浪日趋高涨。尊重和珍惜城市的历史传统、地域风貌和民族特色,方能保持并彰显一个城市所独有的文化韵味。一个城市区别于另一个城市的,不仅在于它的规划布局、色彩基调、建筑样式,更重要的还在于其内在的气质、情感及其文化底蕴。城市的文化特色将是城市特有风貌和文化精神的完美结合。发现、界定、保护、传承和拓展城市的文化个性与特色,方可构建起轮廓清晰、结构完整、布局合理、神采独具的城市文化形象。

城市的管理和服务既是科学,又是艺术。它最能体现一个城市品位和文化特质。如果说自然环境和历史资源还有一定的客观性、继承性,那么管理和服务则具有很大的主观性、创造性。服务也是文化,是一种人与人面对面交流的文化。这种文化直观、具体、生动,潜移默化,直抵心灵。服务文化是提升城市魅力的关键。这种城市文化形态的变化和发展过程,同时应成为不断满足人们的精神需求、提高人的素质、促进人的全面发展的过程。城市建设、管理、服务是一个包罗万象的庞大而复杂的体系,这一体系的宗旨和精髓就是一种人文关怀的精神。一个城市是否具有这种人文关怀的精神、环境和氛围,应成为考评城市管理和服务水平高低、质量优劣的重要标尺。

优美宜人的环境、神采独具的文化、温馨周到的服务,是一个城市魅力四射,永不衰竭的最重要的原因。对于生活其中的居民来说,这里是他们怡然自得的安居之所和魂牵梦绕的精神家园;对于其他地方的人来说,这座城市也必然会成为他们心驰神往、流连忘返的地方。

此系作者2009年9月在"第二届世界运河名城市长论坛"上的发言

依然闪烁的智慧之光

当今世界,和平发展是主流,但影响和平发展的不稳定、不确定因素依然存在。一个时期以来,世界发生了许多令人震惊的事情。社会发展失衡、贫富悬殊扩大、恐怖主义猖獗、跨国犯罪肆虐,还有人类生态环境恶化等等。这些因素交织在一起,严重影响人类的生存和发展。人类向何处去?世界向何处去?这些问题,比以往任何时候都要严峻地摆在世人的面前。

中美两国远隔重洋,有着完全不同的历史背景,但两国都拥有辽阔的国土,都是多个民族并存、多种文化融合的国家,都生活着勤劳智慧的人民。中美两国差异甚大,这种差异自然会带来某些碰撞和摩擦,但同时,正因为差异,才产生相互的吸引力。没有这种差异,世界也许会平静许多,但世界也将会在很大程度上失去光彩而沦于寂寞。时代在发展,中国对于世界的看法,在过去的二十年里发生了重大的变化。"和而不同"这一古老的中国哲学思想在新时代重新闪烁其智慧之光。

中国对内要构建和谐社会,为全体中国人民谋安宁、谋富裕、谋幸福,对外则坚定不移的奉行独立自主的和平外交政策,希望与各国友好相处,谋和平、谋合作,谋共同发展。

对和谐的追求、对和平的向往,源于中华民族深厚的传统,出于国家根本利益,也是中华民族近代痛苦经历的深刻体验。十九世纪四十年代以来,中国积贫积弱,一百多年当中不断经历外来侵略,中华民族在面临亡国灭种危险时奋起抗争,终于赢得了独立和解放。两千多年前中国的哲人孔子说的"己所不欲,勿施于人",这是中国人恪守的道德准则,也是处理国家关系的黄金法则。曾经饱受威胁、侵略的中国人民,倍加珍惜来之不易的和平。中国人已经深深的认识到,中国的利益、安全与世界的利益、安全紧密相连。一个时期以来,所谓的"中国威胁论"沉渣泛起。对于持这种观点的少数人来说,我们无法改变他们的思想和观念,因为,偏见比无知离真相和真理更遥远。但是,对多数人来说,心存疑虑是因为他们不太了解中国的现实状况,也不太了解中国的文化传统。

关于文化的发展,中国对内实行百花齐放、百家争鸣的方针,对外主张维护世界文化多样性。每个国家都有选择自己文化的权利,某种文化是否适合于自己,也只有他们才有发言权,如鱼择水,如鸟投林,归依自明。无论别人怎样评论我们的思想文化和制度文化,鞋子是否合脚,只有自己清楚。不同民族文化的差异是与史俱来的客观存在,也是世界保持其丰富多彩的前提条件。以什么样的思维和态度来看待和处理,将会导致两种截然不同的后果。是倡导"和而不同",通过增进理解和宽容从而实现互利、实现共赢,走向共处,走向和平,还是因袭陈腐的"冷战思维",散布猜忌和隔阂,引发摩擦和对抗,甚至战争,人类应该把握自己的命运。

今年是中国人民抗日战争和世界人民反法西斯战争胜利六十周年。一个月前的今天,北京举行了盛大的庆典,纪念这一正义战胜邪恶、光明战胜黑暗、进步战胜反动的伟大胜利。在那场决定世界前途和命运的伟大战争中,中美曾并肩作战,生死相依。美国"飞虎队"的杰出表现,在中国已经成为广为人知的传奇。在我曾长期工作的南京,有美国飞行员的墓地,尽管他们的遗骸都先后移回美国了,但每年清明,仍有许多中国人去那里献花。当年,德国法西斯迫害犹太人的时候,中国向他们敞开了大门,所以现在包括生活在美国的许多犹太人视中国上海为他们的再生之地。中美文化界人士也在那场战争中站进了同一战壕——当战争爆发时,美国著名科学家爱因斯坦、教育学家杜威、文坛泰斗的德莱塞等一大批文化人,有的来到中国参战,有的到美国及世界各地演讲、募捐,支援中国。美国也是当时西方国家派到中国记者最多的国家。这段生死于同的经历,是中美关系史上生动的篇章。

中美关系走过了曲折的道路,发展到今天的局面,实属不易。中华人民共和国建立五十六周年了,大家回顾一下,前三十年,中美严重对立,美国对中国一是不承认,二是封锁,甚至扬言,要把年轻的共和国扼杀在摇篮里;而中国为了维护自己的独立和主权,生存和发展,当然要奋起反抗。当时,响彻中国大地,最著名的口号就是:打倒美帝国主义!当然两国的关系与当时的国际环境密切相关。在双方共同努力下,一九七二年中美关系开始解冻,一九七九年终于实现了邦交正常化。二十多年来,中美关系的良好发展给两国和两国人民带来了巨大利益。中美两国人民的交流合作日益加强,友谊日益加深。前天,"中国文化节"开幕,演出的一百分钟里,有将近一百次的鼓掌,台下的美国观众是为台上的中国艺术节目而感动,而台下的掌声,美国观众的热烈反应深深打动了我的心。开幕式演出的成功绝不仅仅是中国人的成功,而是中美人民心灵沟通的成功。艺术的成功是创作者和欣赏者互动的成功。中美关系的改善是中美双方共同努力的结果。

当然中美关系并非一帆风顺,矛盾、摩擦、争执、分歧均在事理之中。关键是如何认识和处理。这里我想谈谈中美贸易的问题。首先声明,我不是外交部长,也不是商务部长,我只是从文化部长的角度谈谈我自己的看法。中美贸易问题争议很激烈,两国贸易部门谈判了很多次,最近取得了较好的成果。物质产品的贸易,美国总是强调逆差大,但是就文化产品的贸易来说,中国的逆差更大。我这里有几个数字:二〇〇〇年至二〇〇四年,中国从各种渠道进口的影片四千三百三十二部,其中,美国影片占到40%到50%;其中,中央电视台和各地电视台播放的外国影片四千余部,40%以上是美国的;在电影院放映的二百一十一部进口影片,53%是美国片。这五年当中以分账方式进口的影片是八十八部,美国影片为七十部,占80%。在座有哪一位能回答我现在在美国播出和放映的中国影片有多少?美国市场上的文化产品有多少?可以说寥寥无几!中国对美国文化贸易这么大的逆差,但我们并没有过多地责怪美国人,而是更多地反省自己。中国的文化产品还是不错的,美国观众也是欢迎的,但我们不会吆喝,我们缺乏营销的网络和经验,不太懂市场营销的做法,我们需要更好的学习,同时也希望美国市场进一步地开放,使中国好的文化产品更多地进入美国。

关于贸易逆差的问题,我觉得美国朋友需要有一种平和的心态和发展的眼光。美国只要改变一下对华贸易的歧视政策,就能增加美国对中国的出口,出口增加了,逆差自然就减少了。对华出口有种种的禁止,对从中国来的商品又有种种的限制,这对发展中美贸易不利。说实话,中国人对市场经济、WTO,了解较晚,这方面美国是中国的老师。但是当我们用老师教的这套规则与美国打交道时,为何却又不灵了呢?中国市场巨大,潜力无限,商机无限。凭美国的经济实力和科技水平,增加对华出口,减少对华逆差是完全可以做到的。现在,一架波音飞机抵得上多少中国的服装鞋帽和娃娃们的玩具呀!所以说中美贸易问题不能只看一时,而是应着眼长远,不能简单地只看数字,而是应心里平和,标准统一。从长远看,我认为中美贸易美国无论是实力,还是实利都是占有优势的。目前,美国市场多了一点中国商品就嚷嚷起来,这实在和泱泱大国的美国不太相称。所以,我认为,作为世界上最大的发达国家,心胸应该更加博大一点,看得更长远一点,心理上不能太脆弱。

中国与美国,一个是世界上最大的发展中国家,一个是世界上最大的发达国家,两国人民都是心地善良而富有创造性的伟大人民。两国都有广阔的市场,经济互补性很强,在众多的领域,特别是在反恐、维护全球和地区安全、保护国际环境等全球问题上,在经济贸易和科技文化交流等方面,都有着共同的国家利益。两国在很多方面都可以相互借鉴、相互学习。有些人往往过分夸大中美两国和两国文化的差异和摩擦,而忽略了我们之间的共同利益和相融性。有分歧是正常的,有矛盾也不必大惊小怪,关键是要相互尊重,平等协商,以坦诚率真的态度和互利互惠的原则去解决矛盾和问题。登高望远是中国人的思维方式,注重细节是美国人的务实精神。这两者的结合,有利于我们看清人心所向、大势所趋,也有利于我们对具体问题的磋商和解决。"人坐在筐里是抬不起自己的",只有对话,才能互证、互补、互动,共同发展。中美两国应该进一步加强沟通,在沟通中发现彼此文化的异曲同工之妙,相通相契之美。希望在座的各位都能成为沟通中美文化的使者,共同建设以和谐为特征的世界文化新秩序。

中美文化交流要敞开心灵。文化源自心灵,又直抵心灵。我的演讲要表达的一个愿望,就是以文化促进中美两国人民心灵的沟通。令人高兴的是,这不只是我的一种期待,它已经成为一种正在进行之中的文化过程,一种历史的客观趋势。

在我快要结束这个演讲之前,我想起了美国新奥尔良的一对年轻夫妇和他们可爱的女儿。前不久北京举办的国际旅游文化节邀请他们去北京表演美国的民间艺术,当他们受到邀请以后,飓风袭击了他们的家园,全部财产被卷走,变得一无所有。但他们依然强烈地希望到中国去。在一位华侨朋友的帮助下,终于成行。当中国的电视台把他们的故事传遍千家万户的时候,很多人感动地流下了热泪。中国人从这一家三口身上看到了美国、看到了美国文化,看到了美国人在灾难面前那种乐观和自信。

北京二〇〇八年夏季奥运会的口号是"同一个世界,同一个梦想",这使我联想起马丁·路德·金的《我有一个梦想》。他说:"我梦想有一天,深谷弥合,高山夷平,崎路化坦途,曲径成通衢。"今天,中国人与他怀有同样的梦想。我们脚下的这个地球,孕育了人类几千年的灿烂文明,它是我们赖以生存的物质的基础,也是人类共同拥有的精神的家园。

中美两个国家都是伟大的国家,中美两国人民都是智慧的人民。二十六年前,就在华盛顿,就在中国文化节开幕的肯尼迪艺术中心,邓小平抱起一个美国男孩,动情地说,现在中美两国人民都在握手呵!二十六年过去了,邓小平抱过的那个美国男孩早已长大成人。但是,为了更多中国和美国的孩子,为了全世界的孩子,为了我们的这个地球,为了我们共同的梦想,难道我们不应该把已经拉起来的手握得更紧一些吗?

> 此系作者2005年10月在华盛顿美国国家记者俱乐部的演讲《当代中国文化的追求与梦想》的部分内容

文化视角看江西

一九七八年开始的改革开放,是决定当代中国命运的关键抉择,与此同时,工作重心从以阶级斗争为纲到以经济建设为中心上来,这是一个伟大的转折,中国历史的新时期由此开始。

改革开放三十年来,中国经济发展、社会进步,变化之巨,举世瞩目。谈到中国的变化,人们习惯于列举那些惊人的数字,其实,最深刻、最伟大的变化是中国人自身的变化,而文化是人的灵魂。

文化是人的生存状态以及思想、情感、愿望、能力的反映,反过来,又对人的生存、发展给予能动的影响,它是一个民族自我认定的身份凭证,也是这个民族满怀自信走向未来的根基和力量之源。三十年的改革开放的历程告诉我们,所有物质层面上的变化无不闪烁着思想文化的光芒。文化是民族的血脉和灵魂,是国家发展、民族振兴的重要支撑。一个民族的觉醒首先是文化的觉醒,一个国家的强盛离不开文化的支撑。文化深深熔铸在民族的血脉之中,始终是民族生存发展和国家繁荣振兴取之不尽、用之不竭的力量源泉。文化的进步反映着社会的文明进步,文化的发展推动着人的全面发展。

三十年的经历和成就给我们以丰厚的物质基础和巨大的精神财富,但中华民族的复兴仍然任重道远,文化的发展也面临着诸多的重大课题。我们说中国未来的希望在文化,而文化作用的发挥不是自然发生的,它需要辩证的思考、理性的能动,需要宏观的引领和脚踏实地的建设。在三十年持续快速发展,取得巨大成就的情况下,保持清醒的头脑,增强忧患意识,尤为重要。文化建设取得了不小的成就,但也存在着明显的不足和突出的薄弱环节,面临着许多新的矛盾和问题。文化建设中,有诸多重要关系需要我们科学地认识和正确处理。比如,"传统与当代"的关系、"民族与世界"的关系、"坚守与创新"的关系、"满足与提高"的关系,等等。总之,一切从人民的利益出发,是我们的根本出发点,一切从实际出发,是我们根本的思想方法。

文化建设,首先是文化思想的建设。以人为本的科学发展观是国家发展的根本战略,也是指导文化建设的根本战略。作为首批试点的省份,我们期待江西在以科学发展观指导文化建设,在社会主义核心价值体系建设等方面,为全国提供新鲜的经验。中国文化多元一体,五十六个民族文化各具神采,地方特色也十分鲜明。流派纷呈是文化繁荣的重要标志。我想,反对宗派,提倡流派,有利于文化的繁荣和健康发展。这方面,江西有着优良的文化传统。"鹅湖之会"就是中国文化史上的一段佳话。

文化建设,中心是内容的建设。文化的内容大体可分为认知、情感、伦理、价值观四个层面。认知在文化结构中占有基础地位,而信息又是认知的基础。数字化时代的到来,使信息呈爆炸状态。但信息不等于知识,知识不等于智慧,智慧也不等于能力。明白这一点,对于文化、教育工作有着现实的意义。当前,文化建设需要特别重视的是情感,而艺术是情感的载体。真诚善良富有爱心的情感是伦理道德和正确价值观的基础和前提。这就是古人所说的"道始于情"。文化的内容建设,其核心是促进人的全面发展。

面对几千年浩如烟海的传统文化积累,糟粕与精华并存,如何清理、开发、创新是这个时代的重大命题,也是中国人必须承担的具有人类意义的历史使命。

五千年中华文明,虽历经近代百年屈辱与苦难,却能延续到今天。究其根本,这应归功于她"自强不息"、"厚德载物"的文化品格及珍视传统、自觉承传的文化理念。随着新中国的成立特别是改革开放后经济的大发展,新时期的中国人开始找回了我们自己的民族自信,重新并更加深刻地感受到了中华文化的独特魅力,寻找民族文化之根、铸造民族文化之魂,我们清醒地认识到没有深厚的民族文化就没有整个民族的伟大复兴。

江西的发展和江西的文化建设有着无限美好的前景。江西把文化建设和文化发展摆在全省经济和社会发展的重要位置,纳入到经济社会发展总体布局,同步规划、同步建设,既充分发展物质生产力,又充分发展文化生产力,促进文化和经济社会协调发展。在江西实现富民兴赣、中部崛起的实践中,一手抓经济兴赣,一手抓文化兴赣,不仅注重经济发展和人民生活的富裕,而且注重文化繁荣和人民文化生活的丰富。在省委、省政府的高度重视下,全省上下形成了加快文化建设的高度共识,形成了科学发展的良好局面,促进了人的全面发展和社会的全面进步相协调。前一段,我一直在网上关注着江西省委开展的"问计于民"的活动,这项活动的直接收益,不仅使领导层了解了社情民意,获得了许多具有真知灼见的建议,而且极大激发了民众的主人翁意识和参与热情,可以说,这是民主决策的高明之举,也是文化建设方面的灿烂篇章。江西党委和政府对文化建设的高度重视,四千三百万江西人民对文化发展的热切愿望,不仅是文化发展前所未有的新机遇,更为江西未来的发展提供了人文基础和思想活力。

进入新世纪以来,江西已经初步走出了一条科学发展、加快发展的崛起之路。江西在经济实力增强的同时,加大了对文化建设的投入力度。"十五"期间,省级财政对文化事业的投入逐年增加,平均每年增长20%,高于省财政收入的增长幅度。江西文化发展已经具备了比较雄厚的基础。

江西发展具有显著的绿色生态优势。独特的生态环境,不仅为经济发展提供了优势,而且为文化发展提供了源泉。绿色生态环境是江西最大的财富、最大的优势、最大的潜力、最大的品牌,同时也是文化建设和文化发展最佳的土壤。江西的绿水青山,不仅是发展特色文化的独特载体,而且是进行文化创造的内容资源。江西的地理和生态有着得天独厚的布局,而环鄱阳湖区又是江西省经济、文化、生态最为重要的一部分。江西建立环鄱阳湖生态经济区,加强鄱阳湖的保护治理和开发建设,是一项功在当代、利在千秋的战略构想。鄱阳湖是中国的第一大淡水湖,流域面积十六点二万平方公里,占江西省国土面积的97%,是江西人民的"母亲湖"。鄱阳湖不仅养育了江西四千三百万人民,而且正常年份流入长江的水量达到一千四百六十亿立方米,这个流量超过黄、淮、海三大水系的总量。鄱阳湖不仅对江西的发展至关重要,还造福于长江中下游广大地区的人民。江西十六点七万平方公里的土地上,森林覆盖率达到60.05%。江西青山绿水,风光无限,生态人文,美不胜收。江西的生态优势,为江西的文化建设和文化发展,提供了良好的外部条件和创造元素。随着江西绿色生态战略的逐步实施,江西必将成为美丽的生态家园。

江西历史悠久、文化灿烂,素有"物华天宝、人杰地灵"之美誉。自古以来人才辈出,群星璀璨。拥有众多光耀千秋的文化名人：从秦汉至清末的两千余年间，相当一部分江西人士在政治、军事、文化、教育、科技、思想等领域中，有着崇高的地位和重大的影响。东晋陶渊明为中国第一位田园诗大师；唐宋八大家，江西就有欧阳修、王安石、曾巩三家；黄庭坚、文天祥、朱熹、汤显祖、宋应星、八大山人等也为江西古代人杰的卓越代表。一位又一位文化巨擘，在漫漫历史长河中放射出耀眼的光芒，为后人留下了宝贵的物质和精神财富。这些历史文化资源，成为当代江西文化发展取之不尽、用之不竭的精神富矿。

特别应该指出的是江西对中国革命的巨大贡献。工人运动策源地安源、人民军队诞生地南昌、红色革命根据地井冈山、苏维埃共和国首都瑞金，遍布全省各地的革命遗址，灿若星辰的革命先烈及其事迹和精神，给我们留下了宝贵的精神遗产。时光的流逝，并没有冲淡其光辉，时代的呼唤使其更加灿烂夺目。这些精神财富是我们今天倡导的核心价值观的源头，是我们建设社会主义新文化的充沛营养和重要组成部分。

毫无疑问，江西之于全国，政治、经济方面，地位重要而崇高；从文化的视角看江西，其魅力尤为独特而动人。江西人民一定能够创造出更加绚丽多彩的新文化，为中国文化增添更多具有江西特色的璀璨明珠！

我们需要一种虚怀若谷的激情

上海世博会是全世界的盛会,这次世博会的主题"城市,让生活更美好",重要而精彩,体现了一种人文关怀的精神。这个主题,符合我国倡导的以人为本,科学发展的理念,也体现了时代发展的要求,具有重要的人文意义。

世博会是世界经济科技文化的盛会,与奥运会、世界杯并列为世界三大盛会。世博会虽然竞技性不如奥运会和世界杯强,但就其内容涉及的广泛以及世博会和人民生活的关系等方面来看,它都是无可比拟的。世博会的历史表明,历届所体现的往往是人们对世界的最新认知,是人们的物质和精神追求的最新成果的集中展示。时代不断向前发展,每一届世博会都是新鲜的,都是富有新的思想和文化内涵的。世博会历史上有一个著名的口号:就是一切始于世博会。一八五一年举办的第一次伦敦世博会首次展示了蒸汽机和电报,由此拉开了人类工业文明的新纪元。一百五十八年以来世博会已在近三十个国家举办了一百三十多次,每次都是在科技、文化、艺术、建筑、生活等各个方面引领时代的发展,产生了思想的碰撞,迸发出智慧的火花,从而引发了新一轮的学习、竞争或进步。世博会是世界科技文化最高的展示中心。上海世博会能给人们带来什么惊喜呢?随着传媒特别是网络飞速发展,科技成果的展示几乎与诞生同步。世博会上能出现的轰动性科技发明的新闻也许越来越少了。但是文化价值和理念的探索将会深入,它所带来的影响,也许并不亚于革命性的科技成果,这一点尤其值得我们高度重视。

当今世界迅速走向城市化,世界城市人口已超过50%,中国城市人口也正在迅疾逼近50%。城市的发展,早已不再是过去那种简单的防卫和贸易功能。城市实际上已经成为多数人期望的安居之所和精神家园。城市化的发展在给我们带来诸多便利和享受的同时,也带来了诸多的问题和困惑。城市如何让生活更美好?这是全世界都在关注的热门话题,人们当然有理由期待这次世博会能对这个问题做出新的解读。城市不是钢筋、混凝土的堆砌物,而是不断发展着的有机的生命体,而文化就是这个生命体的灵魂。中国是世界经济和文化发展的重要组成部分,中国的崛起世界瞩目。现在,人们都在研究中国现象,研究中国的经济及中国的发展道路。中国提出的以人为本的科学发展观以及追求和谐世界的理念,得到了普遍的认同和赞许。中国的城市发展有自己的特点,比如城乡关系,从某种意义上讲,中国的城市是农民哺育起来的,反哺农村、善待农民,城乡一体,这将是中国城市化的一个重要特点。随着城市化进程的加快和现代化进程的加快,现在人们越来越多的思考一个问题,城市究竟应该怎样发展?我们究竟追求一种什么样的生活,我们究竟期待一个怎样的世界,如果这些带有根本价值取向的发展理念没有搞清楚的话,那么我们的一切努力很可能都会南辕北辙。把这些问题想清楚解决好,其意义将会远远超出世博会的本身。所以我觉得上海世博会的主题抓住了一个很根本的问题,注定了它将是一次学术性、思想性很强的世博会。而思想性和学术性从来都是最重要的。围绕"城市,让生活更美好"这个主题,通过世博会来深化我们的认识,加强与世界的沟通,表达中国与世界共赢的愿望和宗旨,极其重要和有益。主题的演绎、解读和交流,始终是世博会的灵魂和重点。世博会的工作千头万绪,应注意防止思想淹没在事务之中,重点淹没在一般之中。

世博会充分体现了世界文化的多样性,它更多的是人心的沟通和交流,是不同文化的汇集、切磋,有些重要理念的形成将影响深远。

一个国家、一个民族在取得巨大的成功和进步之后,特别需要保持一种虚怀若谷的激情,保持一种对于世界的好奇心,保持了解世界的热情,只有如此,才能有如饥似渴地学习、借鉴世界其他国家和民族的优秀文化,不断丰富发展自己的自觉性。这是一个民族、一个国家,防止发达以后的自我封闭,不断发展进步的最重要的条件和保障。

这次世博会确实是我们展示自己、宣传自己的一个难得的机会。但更为重要的是,我们如何以更加博大的胸怀和虚心的态度来关注世界、学习他人。世博会是我们了解世界、学习他人的极好的机会。当年小平同志提出改革开放,一个重要的原因是中国十年内乱,封闭了,停滞了。不知道世界发展到什么程度了,小平同志要大家睁开眼睛看世界,最主要的目的是要发现和正视自己的差距,激起我们奋起直追的热情和决心,迅速的学习新的东西来发展自己。三十年过去了,我们国家取得了翻天覆地的变化,取得了举世瞩目的成就,但是我们需要常常提醒自己,我们内心那种如饥似渴地了解世界,学习借鉴他人的兴趣是否已经开始下降了呢？上海世博会是把一个浓缩了的多彩的世界送到了家门口,它将让我们大开眼界,让我们警醒,同时,也会令我们振奋。我们千万不要错过这个千载难逢的机会。但愿有越来越多的外国人发现,中国通过三十年的发展,经济总量已跃居世界前列了,但中国仍然保持着清醒和虚心,还在如饥似渴的了解世界、学习世界,我想,这样的民族,将会赢得更多的发自内心的尊敬。

一个民族思想道德素质和科学文化素质的提升,需要对于中国人来说,看世博就是看世界；对于外国人来说,看世博很大程度上就是看上海、看中国。我们民族的精神和品格,不仅表现在中国馆里及陈列品上,更多的是表现在中国人身上。所有中国人,特别是到世博园区来参观的中国观众,每个人都是中国的名片,是中国文化最具体、最生动的展示者。诗人卞之琳有一首诗《断章》,写道:"你站在桥上看风景,看风景的人在楼上看你。"要使每个来参观世博会的中国人意识到,我去看世界,世界也在看着我。中国人在发达以后,更加热情友善、虚怀若谷,更加积极进取、又从容淡定,中国人特有的那种博大谦和、如饥似渴向世界学习的态度,将会感动世界。外国观众从他们接触过的一个个具体的中国人身上感受到整体中国文化的魅力。

纪念杜甫

今年是唐代伟大的爱国主义诗人杜甫诞生一千三百周年。一千三百年来,时光流逝,历史变迁,许多显赫、喧嚣一时的东西,都已烟消云散,踪迹渺然,而杜甫及其伟大的诗篇,因其自身的价值和时代的需要,历久弥新,成为矗立在中国乃至世界文化长河的一座艺术丰碑,成为飘扬在中华民族历史天空的一面精神旗帜。

文学艺术是时代的产物,其思想内涵、价值取向及情感表达千差万别,而关注大众,同情人民,是历史上一切进步文化的重要标志,也是中国优秀传统文化的鲜明特征。千百年来,杜甫受到世代景仰,正是因为杜诗所体现的忧国忧民的爱国主义思想和深沉博大的人文关怀精神。公元751年,即天宝十年之后,唐王朝政风腐败,民生凋敝,到公元755年,即天宝十四年,终于演变为安史之乱这场空前浩劫。在与广大人民群众一道颠沛流离的生活中,民生的艰辛、国事的衰微,令杜甫忧心如焚。这一时期,杜甫个人的境遇,艰难窘迫,惨淡灰暗,而他的诗作却愈益沉郁顿挫,光芒逼人。"朱门酒肉臭,路有冻死骨"、"济时敢爱死,寂寞壮心惊"等警句名篇,震古烁今,迸发出思想的光辉。天宝之乱是唐朝由盛而衰的转折,也是杜甫思想和艺术新的起点。"致君尧舜上,再使风俗淳"理想的破灭,并未使其沉沦,反而促使他直面现实,走向人民。他变得冷峻、清醒,艺术方面的追求及趣味也发生了明显的变化,诗歌从内容到形式,均发生了取向平民的转变,从而开创了杜诗的全新境界。天宝十八年,杜甫离开洛阳前往华州,途经新安、石壕、潼关,安史之乱带给人民的灾难触目惊心,他创作的《新安吏》《石壕吏》《潼关吏》《新婚别》《垂老别》《无家别》,深刻地反映了人民疾苦与国家危机交织一起的深重灾难。他为人民的疾苦呐喊,也为国家的危机呼号。从《兵车行》开始,到《丽人行》《自京赴奉先县咏怀五百字》《北征》、"三吏"、"三别"等诗章,杜甫的忧患情怀和爱国情绪,喷薄挥洒,撼人心魄。

  爱国主义是一种美好而高尚思想情感,也是一个历史的,不断发展的概念。中国传统的爱国主义,儒家"仁者爱人"的思想蕴涵其中,忧国与忧民浑然一体,反抗侵略与匡扶正义高度统一,这种心忧天下穷且益坚的家国情怀和忘我精神,是中华民族的优秀传统,也是中国古代历史长河中的进步之光。爱国主义思想的传承,在中国诗歌发展史中特别突出,而杜甫起了承前启后的重要作用。诵读杜诗,可以清楚地看到,《诗经》《楚辞》及汉魏晋《乐府》对于杜甫的影响。他的忧国忧民思想,与先秦伟大的爱国主义诗人屈原的"虽九死其犹未悔"的精神,可谓一脉相承。而杜甫对后世的滋养和影响则更为重大而深远。从范仲淹的"先天下之忧而忧,后天下之乐而乐",到陆游的"位卑未敢忘忧国",从顾炎武的"天下兴亡,匹夫有责",到抗倭英雄戚继光的"封侯非我意,但愿海波平",爱国主义在中华民族的历史中,绵延不绝,升华更新,延至近代,终成为反抗侵略,救亡图存,争取民族解放和国家独立的澎湃洪流。今天,流淌在中华儿女血液中的爱国主义精神,依然保存着中华祖先的基因和气派,同时,闪耀着时代进步的光辉。当代中国的爱国主义,以振兴中华为宗旨,充盈着捍卫国家独立主权和维护人民自由幸福和尊严的凛然正气,又拥有热爱和平,追求和谐的博大情怀,它与那种恃强凌弱的霸权主义,自视高人一等的民族沙文主义,狂妄狭隘的军国主义,形成了鲜明的对比,划清了严格的界限。

杜诗传诵千年,仍具有旺盛的生命力,固然在于杜甫渊博深厚的文学素养及其诗作特有的美学价值,同时,还在于他的现实主义及由此而来的诗作的史学价值。杜诗是一部用诗歌体裁写出来的唐代由盛而衰的历史。透过杜诗,可以真切地了解杜甫所处的时代。杜甫拓宽了诗歌创作的领域和道路,对后世的文学艺术创作产生了深远的影响,成为了后世公认的伟大的现实主义诗人。其实,现实主义、浪漫主义只是一个相对的概念,在具体创作实践及作品中,往往难以截然分开。我读李白和杜甫的作品,看似风格迥异,反差鲜明,沉思体悟,往往会发现两人诗作中,现实主义与浪漫主义深层的统一。

杜甫生活在千年之前的封建社会,但时代的局限,传统士大夫思想的浸染,也难掩其人民性的光辉。他忠于生活、直面现实,在诗歌内容上,把底层民众的生存状态作为诗作的主要对象,"世上疮痍""民间疾苦"成为他关注的重点;在诗歌形式及风格上,尽力贴近民众,直至倡导"口语入诗"。所有这些,为唐代诗坛,带来一股清新的风,也为后世诗歌的发展开拓了道路。时隔千年,沧海桑田。当今的文坛,生机盎然,丰富多彩,成就卓著,有目共睹,但某些问题与弊端也毋庸讳言。脱离生活的苍白虚脱,缺乏真诚的欺情弄巧,味同嚼蜡的套话空言,为人们所诟病。"人民是文艺工作者的母亲",所有这些,大抵都与远离人民的生活、情感、审美趣味有关。文艺工作者越来越深切地感受到,党中央关于坚持以人民为中心,贴近群众,贴近生活,贴近实际的号召是多么的重要和中肯。

中华民族优秀的传统文化,是中华儿女共有的精神家园。一部杜诗,既是艺术宝库,又是思想宝库。它对中国人格精神的陶冶和中国各门类艺术的影响,已经远远超越了诗歌的范畴,无数仁人志士深受杜甫精神的激励,杜诗始终是他们为国家民族不懈奋斗的重要精神源泉。在国际社会,杜甫也是人类文化的不朽丰碑,一九六二年,世界和平理事会宣布杜甫为当年纪念的世界文化名人,杜诗还被翻译成了多种文字,在世界各国传诵。今年,在杜甫诞生一千三百周年的时候,俄罗斯等国家、地区的文化机构和团体,也举办了各种形式的纪念活动。

唐代是中国诗歌的巅峰时代。李白和杜甫是繁荣唐代诗坛的杰出代表,分别被后世誉为"诗仙"和"诗圣"。他们的诗歌具有永恒的艺术魅力和不朽的精神价质,是中国优秀传统文化宝库中的璀璨明珠。这两位享誉世界的伟大诗人,是中华民族的骄傲。杜甫祖籍湖北,生于河南,流寓四川九年,其中在成都寓居不到四年,但提到杜甫,人们总会想到杜甫寓居成都的草堂。在这里,杜甫留下了众多的诗作,其中《茅屋为秋风所破歌》《蜀相》《春夜喜雨》等,皆为千古传诵的经典名篇。千百年来,杜甫草堂已经成为中华民族诗歌的圣地,文化的殿堂。昨晚,我再次去了杜甫草堂。夜色朦胧,流连于熙熙攘攘的游人和参观者之中,我忽然想起俄国著名诗人普希金的诗句,大意是"我相信,在我墓前的小道上,将不会有荒草生长"。自晚唐及宋代以来的千百年间,杜甫草堂屡经修缮,每年人日(农历正月初七)祭祀已成惯例定规。新中国建立后,成都杜甫草堂被列为国家级重点文物单位,受到了很好的保护。草堂的庭院里古树参天,小道上没有荒草生长,有的只是千百年来,络绎不绝参访者在小道的石板上留下的深深浅浅的足痕。值此杜甫诞生一千三百周年之际,来自全国各地的专家学者聚会于此,缅怀杜甫,仰望先贤,深感历史的悠远、民族的骄傲、文化的神奇。

文学艺术是时代的产物,它的发展并非是台阶式的递进,而是一条蜿蜒奔流的长河,一幅群峰耸立的画卷。回顾历史,将会进一步激起我们对于创造中华灿烂文化的祖先及先贤们的景仰之心和崇敬之情。同时,也会促使我们意识到,我们现在所做的一切,也终将会成为历史。文学艺术工作者,坚持以人民为中心的坐标,从历史与现实相结合的角度,来审视我们的思想和工作,也许有助于我们真正认识文化的价值和意义,真正理解文化的自觉与自信。

今天的中国屹立于世界的东方,正处在一个伟大复兴的时代。党的十七届六中全会发出推动社会主义文化大发展大繁荣,建设社会主义文化强国的伟大号召。全会还明确提出,要深刻领会优秀传统文化的精神价值,要建设优秀传统文化传承体系,弘扬以爱国主义为核心的民族精神。在中华民族悠久的历史中,涌现出众多的思想先驱和文化泰斗,他们给予我们这个民族自立于世界的骄傲与荣光,也给予我们走向未来的信心和力量。杜甫是中国优秀传统文化的杰出代表。纪念杜甫,就是要郑重地表达我们对于历史的尊重,对于先贤的景仰,对于文化的敬畏,对于未来的担当。中国文学艺术工作者将会铭记党的教导,坚持为人民服务,为社会主义服务的方向和百花齐放百家争鸣的方针,植根改革开放和社会主义现代化建设伟大实践,为繁荣民族的科学的大众的社会主义文化,为中华民族的伟大复兴,努力做出无愧于祖先,也无愧于后人的贡献。

此系作者2012年11月在成都"纪念杜甫诞生1300周年大会"上的发言

人　问

　　戊子孟夏,汶川地震,城镇夷为平地,居民流离失所,伤者难以数计,亡者已逾八万之众。地震以来,余夙夜难眠。一日傍晚,独倚于沙发之上,心情郁闷,神志迷离。恍惚之间,不知所至,只见云雾缭绕,楼宇巍然,庄严肃穆,颇似天庭。有一老者端坐其上。余忿然问道:上座者,天帝乎?老者答曰:然。何也?余曰:汶川地震,生灵涂炭,伤及无辜,祸及幼童。天理安在?慈悲何存?天帝答曰:此等劫难,吾岂不闻!天地运行,自有其规,虽为神灵,亦难相违。死者已矣,生者当省。先秦时期,屈子曾作《天问》一篇,忧国忧民,其心昭昭,然后世者,仰慕其文者众,深解其意者寡。今汝前来诘问,姑且以《人问》作答。

　　劫难之中,毙命于饮食俱绝者,众矣!废墟之下,苟延残喘,盼滴水如盼甘霖;灾民遍野,饥寒交迫,弓身缩首,以待天明。目睹此状,复观山珍海味、暴殄天物,广厦豪宅、奢华无度之景象,岂不惊乎?覆巢之下,玉石俱焚,患难与共,生死相依。劫后余生,仍执著于一己之功名利禄乎?吾观乎人世,不可思议者众矣!天地者,生之本也,而狂言妄举,急功近利,自毁生境者,屡见不鲜,何也?人类者,相依共存之手足也,同类相残,弱肉强食,争战杀戮,自古未休,何也?慈悲仁爱,人性之要义也,锱铢于一己之私利,冷漠于他人之冷暖,见人顺达则妒生,遇人挫折则窃喜,何也?欲成其事,先正其心,欲正其心,先诚其意,此先哲之教诲也,诚信缺失,伪劣横行,劫暴利于私囊,致他人以残伤,何也?温润平和,身心和谐之佳境也,穷则戚戚,富则惶惶,飞黄腾达而变态,腰缠万贯而空虚,心残甚于肢残者众矣!凡此种种,何也?何也?人类之自戕也!纵观人间灾难,显而易见者,天灾也,隐而不察者,人祸也。耿耿于怀于天界,独不自察自省于人世乎?余诘问道:汝高座天庭,不察神州之进步乎?无视此次灾民互救,举国相援之壮举乎?天帝言道:神州巨变,举世瞩目。然迅跑之中,可不察暗患隐忧者乎?吾观神州劫后,悲情凝重而浩气凛然,救助情势,神人共奋。然健忘者,人类之痼疾也,时过境迁,循环往复、故态复萌者不鲜矣!长远之计,汝有何良策预之、防之、杜绝之?余一时语塞,竟未能作答。

余告辞欲返,帝相送于天庭,忽附耳言道:汝果真相信今日之见闻乎?余诧异而环顾左右。玉帝言道:天庭者,人类之虚拟也,人不自救,天复何为?言毕,轻轻将我一推,自化为一缕青烟散去,天庭亦随之轰然消失。

余骇然惊醒,《新闻联播》的前奏曲刚刚开始。

"黄色"的尴尬

某日,几位朋友聚会,不知怎么聊到"扫黄"问题。其中一位在国家黄河委员会工作的朋友,立刻强烈地表示:我们"黄委"一直不赞成"扫黄"的提法!黄河是中华民族的母亲河,"扫黄"让我们感情上难以接受!另一位安徽的朋友,语气虽然平和,态度也很鲜明。他说,黄山、黄梅戏是安徽的两大品牌,所以,安徽人对"黄"字情有独钟。在座几位兴味盎然,议论风生,看法竟然大体相同,认为我们是黄种人、黄皮肤、外国人曾诬称中国人为"黄祸",我们自己提"扫黄",似有不妥。我说此黄非彼黄也!但他们几位仍然耿耿于怀,对于以黄色指代淫秽色情的做法持保留态度。

回来之后,认真想了想,又查阅了一些资料,觉得这一司空见惯的文化现象还真是一个值得思考和商榷的问题。

大千世界,色彩缤纷。赤橙黄绿青蓝紫,原无好坏高低之分。但由于种种原因,人们往往赋予某种颜色以特定的含义,并且,寄予强烈的感情色彩。例如马克思在回答"您最喜爱的颜色?"时,毫不犹豫地答道"红色!"非洲一位反对种族歧视的黑人领袖,对自己的同胞演讲时,十分动情地说,"黑色是如此的美丽!"

在各种颜色中,黄色的光波适中,是所有色相中最能发光的色,给人以轻快、透明、辉煌、充满希望的色彩印象。在古代罗马,黄色代表高贵,在东南亚等地的佛教文化中,黄色显示超凡脱俗、神圣庄严的教义,在美国和日本,以黄色作为思念和期待的象征,日本有部相当感人的电影,名字就叫《幸福的黄手帕》。

中华民族是一个尚色的民族,黄色与中华民族有一种天然的渊源,关系十分密切。可以说,自古以来,黄色和红色就是中华文化和中华文明的象征色。宋代以后,直至清末,明黄一直作为皇家专用的颜色。而在民间和古汉语中,视黄色为吉祥喜庆之色的历史更加悠久。唐代韩愈有诗道"城上赤云呈瑞气,眉间黄色见归期",宋代梅尧臣诗中也有"不言偃仰中园乐,还爱眉间喜色黄"句,中国传统文化中,把诸事皆宜的日子称为黄道吉日。直到现在,黄色和红色仍然是中华民族崇尚的基本色调,中国的国旗就是以红黄两色构成。这次北京奥运会上,中国代表团的服装,以国旗为基色,红黄相间,端庄典雅,相当靓丽。

可以肯定地说,以黄色指代淫秽色情,不是中国传统文化中的固有概念,而是受西方文化的影响。大约是在上世纪

——"黄色"的尴尬

初,西风东渐时,作为时尚从西方引进来的。至于确切的源头,众说纷纭,大抵有如下两类:一是基督教文化影响。因为出卖耶稣的犹大身着黄色服装,故欧美人一般视黄色为卑劣下等的颜色;二是流行文化的影响,一八九四年英国曾创办一本影响颇大,以刊登颓废派文艺集团成员作品为主的《黄杂志》,法国曾流行一种黄色封面的低俗小说,美国曾有一段以低俗、渲染、夸张为特征的黄色新闻盛行时期。但以上种种,在西方,都只是作为一个方面或一个时期的文化现象,如今,以黄色指代淫秽色情,在全世界各国中,已经极为少见了,在全球一些大的语系中,淫秽色情与黄色几乎毫无关系。唯独在中国,始而盲目舶来,继而流传蔓延,终于约定俗成。一方面,从人种、土地、历史、传统、文化等方面,世界几乎公认黄色是中国和中华民族的代表色;另一方面,在中国,黄色又作为淫秽色情、低俗下流的代名词,被鄙视、抨击,列入"打扫"之列。这就让我们陷入了一种不大不小的文化尴尬之中。

文化现象是一种极为复杂的社会现象。一旦约定俗成,改变起来便相当不易。由此可见,在对外开放、吸收、借鉴外来文化的时候,我们需要一种面向世界的博大胸怀和熔铸万物的民族自信,同时,也需要多一分谨慎和斟酌。关于国际语境中的话语权问题讨论已久了,其实,概念的提出和使用,是话语权的基础和重要环节。因此,对于一些时尚的概念和流行语汇的套用,似乎需要格外的小心。至于某些用之既久、却又并不适当的概念和提法,即行废止或改变确非易事,但是否可以逐步淡化,先采用直述其事的办法处理,最终以一种民族的、科学的、准确的概念来概括和表述呢?

敬畏故宫

　　故宫博物院成立,到明年就满八十年了。我看故宫是由两部分组成的,一个是明清两代的皇宫,一个是八十年历史的博物馆。为保护故宫及其馆藏文物,许多人付出了心血。新中国成立后,故宫的面貌发生了巨大的变化。在新的历史时期,故宫的保护工程如何搞,博物院事业如何进一步发展,仍是一个重大的课题,国家文物工作的方针和《文物保护法》为我们确立了基本原则和法律依据,但是仍有非常多的问题需要研究,需要综合多学科的知识,需要集中故宫八十年探索的经验和教训,需要找到对文化遗产长久保存和科学展示的结合点,需要探索博物院事业协调发展的途径。题目的复杂性决定我们必须首先制定总体规划,这也是新的《文物保护工程管理办法》规定的程序。只有运用规划手段,调查研究,反复比较论证,才有可能科学决策,舍此别无它途。规划首先要讲清楚故宫的历史和现状,强调故宫保护的重要性、必要性和可行性,对故宫要怀有敬畏之心。

　　大家对《故宫保护规划大纲》给予了很高的评价,也提出了很多具体的修改意见,使得这次规划有了突破性的进展。确实有对故宫性质、功能的再认识问题。故宫首先是世界上现存的历史最长、规模最为宏大的皇宫,改朝换代,历经沧桑,得以完整保护下来很不容易。我感觉这些年对于故宫的认识上,博物馆的概念强化了,而作为古代皇宫的整体保护概念淡化了。我不赞成把故宫的古建筑与宫藏文物相分离的意见。两者有其不可分割的统一性,是故宫文化的统一载体。把故宫文物挪到宫外馆展示,就人为地分割了这种完整性和统一性。总之皇宫和博物馆两方面都要重视,要强调故宫与故宫博物院的完整性。但是现状存在很多问题,也有很大隐患,功能及展示也需要作相应的调整,为此就必须整体规划、全面保护、统一维修。我们今天能够进行空前规模的系统的维修,是我们国家社会发展、经济发展、文化发展的结果,是历史的机遇。我认为这一次故宫的保护工程,具有整体性和长远性,即是对这一重要世界文化遗产的全面保护和长远保护,某些方面又具有紧迫性,即带有抢救性质,这是工程的定位。根据党中央、国务院领导同志的要求,通过整体维修保护,使故宫能够重现原貌的庄严、肃穆、辉煌,这是工程的目标。我赞成规划中完整保护、整体维修的方针和故宫保护工程的五大任务,首先要使格局完整。保护故宫不应仅仅着眼于故宫范围内,而是应包括整个皇城及其周边环境的保护。

规划的原则确定下来以后,还要制定一个实施方案,处理好安全、施工与开放的关系。首先是要保证故宫的安全,古建筑、文物藏品和观众、工人都要保证安全。安全问题要有预案。在工地,一个工人违规就可能产生严重的安全隐患。安全不是空洞的口号,而要落实到岗位,落实到责任人,贯彻在每一个细节,"魔鬼"和"天使"都藏在细节里。所以无论何时何地,都要做到安全第一。其次要协调故宫博物院展览开放与工程的关系。博物院的开放范围和规模要根据大修的需要和进程作相应的调整,对外要有"安民告示",对内也要及时调整展览项目,制定引导游人的方案。重点工程项目计划要有横的坐标,就是项目的安排;也要有纵的坐标,就是时间进度。要根据坐标确定岗位责任制。责任到人,加强监督。故宫的维修保护是一个系统工程,也是一个从材料到工艺有着特殊要求的工程,必须严格遵循文物维修的原则和程序,同时要经过试验,采用新技术、新工艺、新材料,更好地再现原貌,有利永存。还要注意引进现代化的管理理念,建立适合故宫需要、与国家管理规则相适应的管理机制。通过大修工程,要培养和引进一大批人才,在实践中培训和成长。环境整治、古建维修后,还有一个展示的问题。这也是一个需要根据历史唯物主义,根据中国先进文化发展要求,认真研究的重大课题。

意象雕塑

对于国画,我纯属外行,因而不敢妄言"认为"。只是看得多了,便似乎有点"感觉"而已。国画之中,我尤爱写意画。写意之道,难以尽言,初而写形,继而写意,终则写心。写心不离形意。形在似像非像处,意在似有似无间。

第一次看吴为山的肖像雕塑,是在中国美术馆。一步入展厅,尚未细看,心灵便为之一震,我首先感觉到的便是浓郁的国画的写意神韵。吴为山的肖像雕塑,有的刀劈斧削,删繁就简,有的云遮雾罩,蒙蒙眬眬,其具象往往简约、模糊、概括,然势、态、形、神,则惟妙惟肖,其艺术的感染力,似乎越过了视觉,直抵心灵。

吴为山国学功底深厚,又游学海外多年,对于西方雕塑的研究,颇有造诣。也许正因为如此,他从而获得了"山外观山"的视角,对于民族艺术的审视,便多了一层深刻和清晰。纵观他的创作,不乏西方文化的影响和元素,但其文化内涵和精神主体仍然是地地道道的中国气派和中国神韵。季羡林先生于十多年前初见吴为山及其作品时，便十分欣喜地称赞他"独辟蹊径，为时代塑像，为文化塑像"，"将文化精神溶入历史发展生生不息之长河中，扬中华之文化，开塑像之新天"。

吴为山的雕塑作品多为人物，但我总觉得，其手法和韵味，似乎更多源自中国传统的写意山水。其实，山水也好，人物也好，花鸟鱼虫也好，写意的要义，无不在于传神。恰恰在这一点上，吴为山得其要旨，他将国画的写意成功地运用于肖像雕塑，以神写形（邵大箴语），以意取象，形神意象，浑然一体，从而于具象与抽象之间，独辟蹊径，创立了"意象雕塑"这一雕塑艺术的崭新体系。吴为山虽成名多年，但尚属年轻，他自己也说仍在不断地否定自己。我无力对他的作品作出学术的评价，也无意对他的未来进行预料和估量，但看他的作品，的确给我一种新奇和振奋，一种民族文化的自信，一种关于继承与创新、民族与世界的感悟。吴为山的作品让我再次感受到，中国优秀的文化传统，是一片广袤而深厚的土地，它不仅是中国文化继承发展的母体，也是当代中国艺术开拓创新的源头活水。

需要说明的是，写意、工笔在国画技法上虽属于大的分类，但一些国画大家的作品中，两者常常交互使用，熔为一炉。我从吴为山的肖像雕塑中，也常看到工笔的精雕细刻，特别是画龙点睛之处，工笔的功力更是清晰可见，比如，李白那傲然翘起的胡须、费孝通那慈祥睿智的微笑,弘一法师那悲欣交集的眼神……

温馨与期待

《甲子新旅》——韩美林新作观摩、研讨会日前在全国政协礼堂举行。那天是周末,许多人冒着严寒,从各地赶来赴会,大家对于艺术的热忱,真是令人感动。窗外寒风凛冽,室内气息如春。徜徉在熙熙攘攘的观众之中,我感到一种艺术的温馨。

充满爱心童趣是韩美林作品最突出的特点。我每次看他的《母与子》系列,都会感动不已。还有,他笔下那些小动物,真是令人百看不厌。它们瞪着一双大大的、圆圆的眼睛,天真无邪地看着你,让你倍感亲切和温馨,怜爱之情不禁油然而生,此时,你会强烈地感到,冷漠和粗暴、虚伪和做作是多么难以容忍。

韩美林并非是一个文字学方面的专家,但多年来,他以极大的热忱,对散布在甲骨、古陶、青铜器和岩崖等处的古人类文字或绘画进行了搜集、整理和研究,看了他据此而创作的《天书》，令我惊叹不已。他以学术的严谨和艺术家的感觉创作的这部巨著，对于中国古代文字史和绘画史的研究具有双重的价值。

韩美林深爱并坚守着民族文化的传统，他特别注重从民间艺术中汲取丰富的营养。他自称是"陕北老太太"的接班人，并以此为荣耀和责任。他最近为迎接庚寅新年而创作的小老虎，憨态可掬，十分可爱，让人一见便想起儿时妈妈做的虎头鞋和虎头帽。

民族特性和民族传统是在漫长的历史长河中逐渐形成的，是从浩如烟海、千差万别的个体中抽象出来的。一个民族的共性特质，离开艺术家的个性，民族的共性便无从表现。韩美林的长处，正是善于以神奇的想象、独特的视角和个性化的方式及手法来表达民族的情感。他的作品具有强烈的民族品格和鲜明的个性风格，正因为如此，在纷繁众多、目不暇接的艺术作品中，人们一眼便可找到韩美林。

二〇〇九年是韩美林先生从事艺术事业六十周年，全国政协办公厅、文化部等机构联合举办此次观摩和研讨活动，既是对韩美林六十年艺术生涯最新成就的一次检阅，也是为他甲子新旅，再造艺术乾坤的一次壮行。

韩美林生性活泼，童心不泯，思维活跃，精力过人，很难将"年逾古稀"与他联系在一起。他从艺六十年，甲子轮回，正值一个新的开始。凭着他的天赋和勤奋，凭着他频发奇思妙想的思维能力和独特的表达能力，凭着他愈老愈"疯狂"的激情和活力,我们有理由相信和期待,韩美林将会不断地带给人们以惊喜。

文化价值及文人风骨

新时期以来，特别是十六大以来，党中央高度重视文化建设。日本有一位"词汇学家"，专门研究各个国家重要文献中出现某些词汇的频率来探求其政策的走向。他研究了我们"十二大"以来历次党代会的政治报告，发现"文化"这个词出现的频率越来越高，从而得出文化在中国的地位和作用日益彰显的结论。改革开放以后，特别是十六大以后，在党中央的倡导下，全党全民族的文化自觉大幅度提高，文化建设进入了蓬勃发展的新时期。

现在从上到下，有一股"文化热"，重视文化，是非常难得的现象。我们应该冷静地看待当前的"文化热"。现在大家都在大讲文化的重要，但角度和重点，认识和目的却不尽相同。其中最常见的，就是仅仅把文化当作一种手段。八十年代有一句非常流行的话"文化搭台，经济唱戏"，就是把文化当作实现经济利益的工具。新世纪以来，文化产业在全球兴起,成为经济领域强有力的增长点。在中国,文化产业也受到重视,党的十六大正式提出发展文化产业,文化产业占国民生产总值的比重有了较快的增长,文化的经济价值突显。文化的确可以带来巨大的经济利益,但文化的根本价值不在经济,而在精神层面。发展文化的根本目的是为了满足人民群众日益增长的精神文化需求。中央强调文化建设的重要,与以人为本的科学发展观,与促进人的全面发展、构建和谐社会,都是完全一致的。无视文化的精神价值,仅仅把文化当作赚钱的工具,是文化领域庸俗之风盛行的根本原因。文化关系一个民族的素质,文化作用不能低估,但也不能期望它带来立竿见影的效益。应该遵循文化发展自身规律,从自己的实际出发去推进文化建设。有些相当贫困的县市,图书馆十年未进一本新书,却不惜花几百万,上千万的代价,去搞一台晚会,来提高本地的知名度,这究竟有多少必要呢?

发展文化的根本目的是为了满足人民群众日益增长的精神文化需求。中央强调文化建设的重要,与以人为本的科学发展观,与促进人的全面发展、构建和谐社会,都是完全一致的。明确这一点,具有现实的意义。

现在,忽视文化的精神价值,仅仅把文化当作赚钱的工具,已不仅是人们认识的一个误区,而且渗透在社会舆论和评价的制度和实践中。这是当前文化领域低俗之风盛行的根本原因。

文化是一定历史、一定地域、一定人类种群生存状态和愿望的体现，反过来又对人的生存和发展产生重大影响。文化使人从自在的状态渐入自为的状态。文化过程是一个漫长的过程，文化对人的教育、启迪、陶冶的功能，常常发生在潜移默化之中。文化如水，滋润万物，悄然无声。

人生其实是一个文化过程。人的成长、发展、完善，首先从认知开始，有了信息、知识以后，逐渐培养起善良、真挚的情感。有了情感和爱心，他才知道如何处理自我与他人、自我与社会等伦理关系。在此基础上，他才有可能进一步去探求人生的终极追求，这便涉及到信仰、价值观的问题。而我们就是在传统的道德被摧毁，而新的道德又没有确立的情况下，进入了市场经济的环境。为什么会出现"三鹿奶粉"？为什么会出现有毒大米？为什么在绿豆里掺沙子？是因为已经没有什么廉耻了。中央号召我们要有忧患意识，情感淡漠、道德沦丧是最值得忧患的事了。

我们正处在一个特殊的时代，处在一个复杂的转型时期。这个时代真是气象万千，生气蓬勃，充满着希望和可能，也有着太多的诱惑和陷阱。它让我们看到了前所未有的辉煌和成就，也使我们面临前所未有的矛盾和问题。现在确有些现象让人忧心忡忡，焦虑不安。比如富士康的连续跳楼事件，多起孩子被袭事件等等，此类事情前所未闻。我们的成就是举世瞩目的，但是这些问题又不能不让我们焦虑、忧心。这到底是什么原因，这些事的发生难道不值得我们去深思？胡锦涛同志讲过，反复出现的问题，就要从规律上找原

——文化价值及文人风骨

因。现在,浮躁是一种比较普遍的心境。我们需要沉静下来,对一些社会问题进行总结分析。我们正处在社会转型的时期。我们今天的成就举世瞩目,但矛盾和问题也毋庸讳言。富士康不过是一个典型的例子。据统计,每年中国自杀的人有一百二十五万,其中,自杀未遂是一百万。抑郁症患者有两千六百万,这不能不引起我们的高度关注。

甘地在《年轻的印度》一书中列举社会上有七大罪恶,其中包括:没有原则的政治、没有劳动的财富、没有道德的商业、没有人性的科学、没有奉献的信仰,等等。所有这些,虽然时过境迁,仍然振聋发聩,令人深思和警醒。

越是在形势好的情况下,越需要有一种危机意识。文化人最重要的品质之一,是在大家都头脑发热的时候,能够保持清醒和冷静,保持一种忧患的意识,并且能通过自己的作品以这种忧患意识告诫世人。现在是市场经济,我们的作品当然要通过市场,影响受众。也需要通过市场获得经济效益,但我们必须牢牢铭记,文化作品的价值主要不在于经济,而在于对人们精神层面的影响。虽然赚钱很重要,但是,文化作品人文关怀的责任和意义,具有"金不换"的价值。只有记住这一条,我们才能保持住作为一名文化人的尊严。我们就不会让"收视率"、"点击率"、"码洋"之类的东西左右我们的创作,抹煞文化人的良心和责任。文艺工作,是属于千百万人的事业。唱歌也好,跳舞也好,写作也好,表演也好,绘画也好,优秀的作品属于成千上万人。有一天,这些作品的作者不在了，但他们的作品会长留世间，仍然可以给人们温馨、慰藉、知识、乐趣，以及对于历史的怀念和对于未来的向往。人们喜欢"永垂不朽"这类赞扬和评价，离开精神的遗产，任何人都无法享用它。这就是我们工作的意义，也是我们应该永远珍惜的荣誉。

文化人的尊严，集中体现对国家，对民族的责任。我们处于市场经济的条件下，需要学会运用市场的杠杆来推动文艺的发展，同时，也要看到市场对于文化艺术的销蚀作用，为了赚钱，物质生产领域，假冒伪劣盛行；精神产品的生产如果一切向钱看，会更加贻害无穷。精神产品的生产，需要文化人的真心和激情、坚贞和勇气。

作品流传，作者流芳，作为一种愿望和追求，并无什么不好，只是，更应该记住明朝都穆说的"但写真情与实境，任它埋没与流传"，这才是文化人的气节和风骨。

此系作者2011年在江苏省艺术家研讨班的讲课《文化三题》部分摘要

文化与人生

"文化是人类创造的物质财富和精神财富的总和"这句话很经典,体现了文化的本质。这里的"总和",并非是量的概括,而是质的表述。文化博大精深,可以与文化相对应的词汇,惟"造化"而已。造化就是自然。人是自然之子。人创造了文化,从而最终把自己从动物界区分出来,并使人从一种自在的状态逐步走向一个自为的状态。简而言之,文化从何而来?由人化文;文化是干什么的?以文化人。

对于民族,文化是灵魂和旗帜;对于国家,文化是形象和软实力;对于一个地区或单位,文化是品牌和资源。所有这一切,归根到底是文化与人的关系。文化是一定历史、一定地域、一定人类种群的生存状态和愿望的反映,反过来又对人的生存和发展起着能动的作用。从这个角度讲,文化即人。研究当代的中国文化,其实,就是为了更好地认识我们自己。

一个民族,只有保持着生生不息的思想活力和历久弥新的文化传统,才能自立于世界民族之林。文化对于人生的影响全面而深刻,从精神层面来说,人生的过程其实就是一个文化过程。这里,我想就文化与人生相关的问题与大家作一次交流。

当前,中国和世界正处于一个特殊的历史时期,社会需要文化滋养,时代呼唤人文关怀。改革开放以来,特别是"十六大"以来,党和政府高度重视文化建设,全党全民族的文化自觉明显提高,文化体制改革深入推进,文化事业和文化产业蓬勃发展。中国文化大发展、大繁荣的局面进一步形成。

思想文化的变化既是国家整体发展进步的体现,也是国家未来发展的文化基础和精神动力。三十多年来,围绕国家发展问题,党领导人民不断地解放思想,探索实践,成功地实现了从高度集中的计划经济体制到充满活力的社会主义市场经济体制、从封闭半封闭到全方位开放的历史转折,逐步形成了中国特色的发展道路、发展模式,社会主义现代化建设取得了举世瞩目的成就。正如党的十七大所指出的,中国的面貌、中国人民的面貌、中国共产党的面貌发生了深刻的变化。

在谈及中国的发展变化和取得的巨大成就时,人们谈的最多的,往往是经济的发展和物质财富的增长,而容易忽视另一个伟大的变化,即中国人自身的变化。其实,改革开放三十年来,中国最伟大、最深刻的变化,不是雨后春笋般出现的高楼大厦，不是四通八达的高速公路，不是商店里琳琅满目的商品，也不是统计表上那些惊人的数字，而是中国人内心世界的变化，是中国人对自身、对世界看法的变化。中国人思想、观念、情感、愿望、思维方式的变化，即文化上的变化，才是最深刻、最具有深远意义的伟大变化。当代中国人以自信的心态对待自己，以博大的情怀面对世界，眼光更加开阔，胸怀更加博大。他们热爱自己的国家，同时，也热爱这个世界。他们满怀信心、意气风发地建设新生活，同时，把自己的安宁和幸福与世界的和平、发展紧紧相连。思想的解放、观念的转变、精神的振作、文化的升华，使中国人民的面貌焕然一新。历史悠久、饱经沧桑的中国，正如一个生气勃勃的少年站立在世界的面前。

我们取得的成就举世瞩目，矛盾和问题也毋庸讳言。康乾盛世的时候，诗人黄仲则写了一首诗："万家灯火漏迟迟，忧患潜从物外知，悄立市桥人不识，一星如月看多时。"党中央反复告诫我们要有忧患意识，忧患不只是对于矛盾和问题的忧虑，而是一种冷静和清醒，一种对于未来积极的向往和探求。

现代化、全球化毫不理会人们的感受，以不可逆转之势迅猛地发展着。这一趋势深刻地影响着人们的生活，在给人们带来种种便利的同时，也给人们带来诸多的困扰。经济在快速发展，生活在不断改善，然而，人们活的好像并不那么自在。内心深处，让我们眷恋、产生归属感的某些东西正在悄悄地远去;血液之中,让我们感到温馨和踏实的某些元素仿佛正在慢慢地流失。新奇的事物应接不暇,恍惚不安的情绪总是挥之不去,人们在眼花缭乱中感受到单调,在热闹和喧嚣中品尝寂寞。我们究竟追求一种怎样的生活?我们究竟期待一个怎样的世界?这个古老而永恒的话题再次萦绕在人们的心头,成为了世界各种文化论坛的热门话题。

为什么现在我们要特别重视文化的价值呢,因为我们正处在一个特殊的时代,处在一个复杂的社会转型时期。这个时代气象万千,充满着各种希望和可能,也存在太多的诱惑和陷阱。它让我们看到了前所未有的辉煌和成就,也使我们面临前所未有的矛盾和问题。世界一些国家的发展历史表明,人均三千美元至五千美元阶段,是一个国家经济发展的重要机遇期,也是各种矛盾、问题比较集中和频发的时期。一位哲学家说过,"人在饥饿时,只有一个烦恼;一旦吃饱饭,就会生出无数个烦恼。"一个烦恼是生存的烦恼,无数个烦恼是发展的烦恼。解决一个烦恼的问题,主要靠物质;解决无数个烦恼,则更多的需要借助文化的力量。

为什么关于以人为本的科学发展观,以及对内构建和谐社会,对外追求和谐世界的主张一经提出,便引起热烈的反响,不仅在国内,而且在国际社会受到广泛的认同和好评,原因正在于此。

每当历史处于发展、转折或变革时期,文化的人文关怀作用显得尤为重要。钱学森在世时曾大声疾呼科学与艺术的结合。许多文章阐释这一观点时,重在艺术可以赋予科技以想象力和创造力。其实,二者结合最伟大的意义在于,艺术将赋予科学以善良的情感和人性。科学与艺术的结合,是理性与情感的融合,这不仅有利于经济的发展、社会的进步,将对人自身的完善和民族整体素质的提高,产生深刻影响。比如文艺,现在是市场经济,我们的作品当然要通过市场,影响受众。也需要通过市场获得经济效益,但我们必须牢牢铭记,文化作品的根本价值在于对人们精神层面的影响。文化作品人文关怀的责任和意义,始终是前提和首要,具有"金不换"的价值。

文化具有激励人心、宣传鼓动的巨大力量,这一点在革命和战争年代尤其明显,中国如此,比如《白毛女》,外国亦然。林肯在谈到比彻·斯托夫人《汤姆叔叔的小屋》时说:"造成那次巨大的战争——南北战争的,想不到竟是这位身材娇小的可爱的夫人。"但是,总体上来看,文化门类众多,性能各异,渗透在社会生活的各个方面,文化的教育、启迪、陶冶、审美、愉悦的功能和作用,更多是体现于间接或深远,常常是发生在潜移默化之中。从这个意义上说,文化如水,滋润万物,悄然无声。

文化不是少数人的事业,文化属于大众。文化通常以三种形态表现其存在和品质:一是物态文化,就是物质产品所体现出来的文化,是物质产品生产者文化修养、素质,包括审美观念的物化,即人们所说的,一个国家的产品是这个国家国民素质的体现；第二是方式文化，通过生存、生产、生活等行为方式及风俗习惯所体现出来的文化；第三是精神产品，包括书籍、戏剧、影视、美术、音乐、舞蹈等等。从这个意义来说，每个人都生活在文化之中，都自觉不自觉地创造或代表着某种文化。从商也好、从文也好、从政也好，方方面面的工作，都与文化有关。无论从事何种职业，凡是能够取得卓越成就者，除了专业知识、能力之外，必定在思想和人格上有其过人之处，必定在文化上有其独到的见解。他们奉献给社会的，除了具体的产品和作品外，同时，还有从业过程中体现的思想、风范、睿智与激情。

马克思在青年选择职业时的思考一文中说，我们的幸福属于成千上万的人，我们的事业虽然无声无息，但是它将永世长存。我们终会死去，面对我们的骨灰，善良的人们将会洒下热泪。这个时代充满着机遇和挑战，它为人们成就事业，奉献社会，同时，也为实现自己精彩的、有价值的人生，提供了条件和可能。在座诸君是中国青年的代表，是各条战线各个领域的骨干。中国优秀传统文化的坚守与传承、当代中国新文化的开拓与创新，乃至中华民族的进步与复兴，都需要青年一代的智慧和热情、坚贞和勇气、责任和担当。

文化的结构及当代中国文化建设需要特别注意的环节。文化的结构，一般来说分为四个层面：第一个层面是认知层面，第二是情感层面，第三是伦理道德，第四是信仰价值观。这四个层面相互渗透融合，浑然一体。文化的结构、内容和品质,与人的全面发展的基本要素几乎完全一致和吻合。文化对于人生的滋养和引领,也主要是通过这四个方面实现的。

先说认知,其决定因素是信息。信息、知识层面是文化对社会生活最直接的反映,它对文化的发展乃至性质的影响广泛而深远。信息是人们文化过程的基础和前提,并伴随人生的始终。现在是信息时代,信息社会为我们认识世界提供了前所未有的便利、迅捷。信息技术的发展,给经济发展和社会进步注入了强劲的生机和活力,同时,也打破了传统社会文化结构和文化心理的平衡,从而为新时期文化的发展更新,创造了必要和可能。随着对外开放的扩大和信息化时代的到来,信息、知识呈现出爆炸性增长的状态,这极大拓宽了人们认知领域,对社会生产力的解放产生积极影响,同时,也强烈地冲击着人们的情感世界和伦理观念。信息技术不仅创造了强大的传输系统,也催生出某些全新的文化样式。由于国际国内政治、经济的多种因素,原本混乱的信息传播变得更加复杂。目前,社会以及人们的内心世界,出现的种种变化和问题,与我国信息社会的初始状态密切相关。中国社会和中国文化都面临着机遇和挑战。我们需要增长新的智慧和能力。

信息是人认识世界的基础和首要环节。但是,信息不等于知识,知识不等于智慧,智慧也不等于能力。信息,只有通过有效的接收、辨识、整合、才有可能成为知识,从而真正进入文化过程。知识可以传授，智慧和能力则需要通过人的实践和总结、历练和体验、学习和领悟方可获得。

以信息技术为核心的科技浪潮，带来了新奇和亢奋，也带来了某些迷茫和困惑。人们有理由对信息时代带来的种种消极现象表示担忧，但人们无法拒绝时代的发展和科技的进步。因势利导，趋利避害，才是唯一正确的选择。信息时代的到来，使青少年问题再次凸显出来。我们在防御和消除网络文化的负面影响的同时，应积极鼓励和引导青少年，增长知识，增长智慧，努力提高应对信息时代种种挑战的能力。这是一项重要而紧迫的战略任务。

我们正处在一个迅捷变化的时代，新科技、新事物、新情况、新问题不断涌现，利益与弊端交织，机遇和挑战并存。中国特色社会主义文化的建设，特别需要有战略的眼光、理性的思维，需要有面向未来的前瞻性谋划，需要有实事求是的科学态度和引领潮流的精神。

二是情感层面。情感是文化结构中承前启后的重要环节，也是当代文化建设最容易被忽视的环节。人在知识积累的过程中，逐步培养起善良真挚的情感，逐步学会处理自我与他人、自我与社会等伦理关系，在此基础上，他才有可能进一步去探求人生的终极追求，这便涉及到信仰、价值观的问题。这是一个由浅入深、由低到高的文化过程，其中，情感既是基础，又是关键。现代生活中最薄弱的环节，恰恰是对情感的忽视。艺术是情感的载体。这些年来，关于"艺术"的书甚多,官场的权术、商场的谋略、情场的技巧等等往往都赫然标以艺术二字。艺术完全成了一种技巧、策略、手段的代名词。据说在韩国和日本,《三国演义》《孙子兵法》多年畅销,恐怕看重的也是计谋、策略之类。市场经济、激烈竞争的环境,激发人们的进取心,同时也给人们的内心带来恐惧和压力。人们祈盼的是能力及能力的速成,而对于情感的培养,却日趋冷漠与忽视。这是文化建设,包括学校、家庭、社会教育中,特别值得注意的问题。有一次,我接待来自不丹的两个宗教领袖,其中一位是个十三四岁的少年。席间,我问他:"我像您这么大年纪的时候,非常地贪玩,您呢?"他说:"我也一样啊,我经常悄悄地跑出去玩一会再回寺庙。"他的童心和稚气,令我忍俊不禁。我又问他:"这个世界上有这么多的宗教,基督教、天主教、伊斯兰教、佛教等等,对于众多的宗教,您怎么看呢?"这位少年回答道:"只要您心存慈悲,关爱他人,信教不信教,信什么教,其实都是无所谓的。"这句话让我对他肃然起敬,在我眼中,他不再是一个孩子,而是一位富于慈悲情怀的智者,他把关爱他人的善良情感作为信仰的基础和灵魂,甚至比信仰本身还要重要。艺术是情感的载体,它既是情感的表达,又是情感的滋养。艺术是一种真挚的人文关怀。艺术的高尚之处在于它是一种深蕴着慈悲情怀的审美活动。艺术与情感关系的奇妙,令人难以想象。我们重看《梁祝》等经典,仍然会深受感动。《梁祝》本是悲剧,但最后以"化蝶"结束,不仅升华了梁祝的爱情,也让深陷悲痛的观众,得到一丝暖暖的慰藉。再比如《六月雪》，即《窦娥冤》，是一出悲惨的冤狱戏，关汉卿让窦娥发出的"若果有一腔怨气喷如火，定要感得六出冰花滚似棉"、"不要半星热血红尘洒，都只在八尺旗枪素练悬"等誓愿，均一一实现：六月里漫天飘下鹅毛大雪，行刑时，窦娥一腔热血全部喷射在高悬的白绫上，这些神来之笔，不仅强化了窦娥奇冤的悲剧色彩，又以这般感天动地的情景，给几乎被撕裂的观众的心以些许安抚和慰藉。捧读经典，那厚重的人文关怀，以及神奇瑰丽的想象力，真的令我们惊叹不已并深感惭愧。

在文化结构的四个层面中，情感对伦理、信仰产生深刻的影响。真诚善良的情感是伦理道德、信仰价值观的基础。这就是古人所说的"道始于情"。薄情必然寡义，通情方可达理。"礼为情之貌者也"（韩非子），如果缺乏真诚善良的情感，一切文明礼貌往往会流于形式，甚至堕入虚伪和做作，信仰云云也只是虚话和空言。

在我们现实生活中，感动中国、感动世界的人和事不胜枚举。这些年来，我们大力宣传的社会主义道德模范和先进人物，他们崇高的品质和坚定信仰，无不源自他们对国家，对民族，对人民爱得真诚、深厚和热烈。这些年也确实出了不少感人的作品，但整体上看，文艺作品表现乏力，撼人心魄的优秀作品太少。有些不错的作品，恰恰到了应该淋漓尽致推向高潮的时候，却上不去了，关键时刻，暴露其思想的苍白、情感的单薄和作者功力的不足。情感并非凭空而来，生活的体验和文学艺术的熏陶是情感形成的基本要素。作为文学艺术作品,它在多大程度上表达了人民大众的情感,并给予这种情感以关怀、抚慰、滋养和激励,是衡量文艺作品价值的根本尺度。谈及至此,邓小平二十年前语重心长的教诲,再次震撼我们的心灵,他说:"人民是文艺工作者的母亲,一切进步的文艺工作者的艺术生命,就在于他们同人民之间的血肉联系。"文学艺术工作者只有深入生活、深入群众、深入实际,感受时代脉搏,体察民意人心,才能真正成为社会的良知,才有可能创作出贴近生活、贴近实际、贴近群众的优秀作品,给奋斗着的人民以情感上、精神上的滋养、鼓舞和慰藉。

第三个层面,伦理、道德。所谓伦理,主要是指人际关系的规则。在中国传统文化中,伦理学最为发达。小时候,一位老先生曾对我说:人生确实不容易,历不完的艰难困苦,理不清的来龙去脉,辨不明的是非曲直,了不完的恩爱情仇;人生其实也简单:一句话"推己及人",四个字"忠孝节义"。推己及人的核心是"仁"和"恕";忠孝节义则是传统伦理通过对复杂社会关系的梳理、归纳后形成的基本准则。这些观念,不仅简约凝练、高度的概括,而且其内涵可随时代变化而更新。它以十分完备的礼仪、规范来保证,同时,通过文艺的载体,以大众喜闻乐见的形式,普及、渗透,代代传承。古人的道德教育也很生动。比如"树欲静,而风不止"这句话就是源自孝道教育。孔子的学生皋鱼有一天哭得很伤心,孔子问他为什么如此伤心? 皋鱼说:"树欲静而风不止,子欲养而亲不待。"孔子师生这段简短的对话,真是令人动容。可惜的是,我们在批判旧文化的时候,常常做过了头。我们就是在传统的道德被摧毁,而新的道德又没有确立的情况下,进入了市场经济的环境。毒大米、瘦肉精等食品安全问题,表面看是法律及管理的疏漏,其深层的问题是诚信的缺失、道德的沦丧。

这些年来,精神文明得到重视,思想道德观念适应时代发展,在不断进步,但伦理道德层面的文化失根、传统断层现象依然严重,中国特色社会主义道德体系的建设,任重道远。伦理是一个群体的行为规范,它的实质是对人与人、人与社会、人与自然关系的约束和调节。这种约束和调节主要通过法律和道德来实现。孟德斯鸠说,法律是基本的道德,道德是最高的法律。中国传统的伦理道德是在长期的封建社会中形成的,是一个复杂的精华与糟粕并存的文化体系,它既反映了封建统治阶级的利益与意志,同时也蕴涵着中华民族特有的善良、正义及表达方式。对于封建主义的糟粕应予坚决地抛弃和剔除,而对于其优秀的内涵和形式则应好生地珍惜。历史的实践证明,中华民族的优良传统可以随着时代的发展而赋有新意。

传统犹如血脉,应该更新,但不可以割断。党中央在论述社会主义思想道德体系建设时,强调要与社会主义市场经济相适应,与社会主义法制相协调,与中华民族传统美德相承接,真是切中要害。这些年来,党中央颁布实施了全民道德教育纲要,思想道德教育普遍加强,在全国开展的评选道德模范的活动受到广泛热烈的欢迎,模范人物的事迹真是感人至深。此项工作,关乎民族未来,绝非权宜之计,任重道远,需要持之以恒的努力。

第四,信仰价值观。一个人的文化自觉,是由低到高,不断积累升华的结果,首先要有知识,有善良的、纯真的情感,懂得怎么样效忠国家,怎么样孝敬父母师长,怎么样要求自己,怎么样自立社会,然后才懂得人生最高追求,从而确立科学的理想和价值观。

党中央提出的社会主义核心价值体系十分重要,它是理想价值观教育的指导思想和基本内容。把核心价值体系的内容和要求普及到广大群众,这是一个复杂细致的文化过程。其中,文艺的作用重要而独特。自古以来,百姓对于传统美德的养成和延续,靠什么?一靠长辈的言传身教,第二个很重要的是靠文艺作品。老百姓的许多基本的道德观点,是从民间说书,戏曲中来的。说古皆是忠孝节义,道今全为播善扬真。中国戏曲对于民族文化的延续和民族精神的弘扬,发挥了无可比拟的重要作用。中国是宗教信仰自由的国家,但没有哪一种宗教可以在中国成为主流,成为共同信仰。只有一样东西,就是优秀的传统文化。中华民族为什么两千多年可以维系下来,我认为就是中国文化的作用。关于信仰,老百姓最通俗的有一句话,叫"头顶三尺有青天"。这个"青天"就是中国人的信仰。这个青天,已经不是自然的天，而是文化的天。中国这种文化的信仰，随着时代发展而不断更新，成为中华民族团结统一的文化基础，所以，蔡元培曾主张以文化信仰替代宗教信仰。中国特色社会主义文化既具有鲜明的马克思主义意识形态属性，又具有广泛的包容性，通过丰富多彩的艺术形式和情理交融的文化渠道，使我们党倡导的核心价值体系群众化、具体化，值得我们深入地研究和探讨。

当代中国人特别需要具备的文化情怀。我们说中国未来的希望在文化，而文化作用的发挥不是自然发生的，它需要辩证的思考、理性的能动，需要宏观的引领和脚踏实地的建设。文化建设的核心是促进人的全面发展，提高全民族的素质。这是一个需要深入研究的重大而复杂的政治课题和文化课题。新的历史条件下，国民心态不仅关系到中国作为一个文明古国和发展中大国的国家形象，更关系到中国长远发展和中华民族伟大复兴的精神潜力。

我们需要一种崇尚和谐、追求和谐的精神。和谐不是文化的分类，而是深透在文化当中的一种思想，一种精神；和谐不是一种策略，而是中国人发自内心的真诚追求和价值取向。法国总理拉法兰访华期间问我，可否用最简单的语言说明中国文化的精髓？当时，我正陪他参观故宫。我告诉他，故宫的核心建筑是三大殿，即太和殿、中和殿、保和殿。泰和，是天地之和，人与自然的和谐；中和，是中庸之道，人际关系的和谐；保和，是通过个人的修身养性来达到身心的和谐。可以说,崇尚和谐、追求和谐是中国传统文化的精髓。拉法兰说,现在世界危机四伏,恐怖主义肆行,能够挽救世界的,正是中国这种古老的和谐文化精神。

人与自然的矛盾、人与社会的矛盾、人自己身心存在的矛盾,有史以来,人类一直为这三大矛盾所困扰。追求和谐,作为中华民族的一种思维方式和善良期盼,已经成为渗透在整个民族肌体,贯穿民族历史的一种文化思想和传统。同时,和谐思想也是人类共同的良知和追求。在这方面,人类也付出了惨痛的代价。比如,在人与自然关系上。工业社会高速发展,曾使西方人对于人类自身能力的估价大为膨胀。直到现在,我们出版的一些辞书中,除《中国大百科全书》外,对于生产力的解释,大都还是沿用传统的"生产力是人类征服自然、改造自然的能力"。人类是自然之子,是自然的一部分。人类不可能征服自然,只能逐步地认识自然,学会处理人与自然的矛盾,与自然友好相处。还有"给我一个支点,我能撬动地球"、"给我物质或运动,我就能够创造世界",等等。这些话虽出自西方伟大科学家之口,但对科学技术的作用和人类自身的能力,似乎均有点过度夸大了。人类对于自身的认识有一个过程,从自然的奴隶到认识到人对自然具有能动作用,这无疑是人类认识上一次了不起的飞跃,但是过大的夸大人类的能力,变成人类中心主义,便走向另外一个极端。正是在这一点上,以人为本的科学发展观与人类中心主义划清了界限。

我在美国演讲的时候遇到了质询。有一个记者问："你们提出和谐理念是不是对毛泽东斗争哲学的否定？"我说："你提出的问题十分重要。民族的解放、国家的独立、人民的自由，是实现社会和谐不可或缺的前提。如果没有这个前提，中国人就没有资格谈什么和谐问题。为了这个前提，中国人前仆后继，进行了一百多年的奋斗，许多人为之付出了生命和鲜血，才使中国赢得了民族的解放、国家的独立和人民的自由，我们今天也才有可能到贵国和诸位讨论一下和谐问题。正因为如此，中国人民深深敬仰和怀念毛泽东主席，以及那些为中国解放、独立和自由，付出鲜血和生命的前辈先贤！"身在美国首都，面对美国的听众，讲到此处，真是百感交集，不禁心头一热，戛然而止，几乎难以为继。当时，全场报以热烈掌声。认同，还是出于礼貌？对此，我至今不解。

和谐是以事物的矛盾和差异为其前提的。和谐是一个相对的、发展中的概念。和谐是运动中的平衡，差异中的协调，纷繁中的有序，多样性中的统一。现在，综合国力的竞争越演越激烈。虽然和平发展仍是主流，但强权政治、霸权主义横行，世界很不安宁。世界复杂，问题甚多。中国对内构建和谐社会，对外倡导和谐世界主张和努力得到了全世界人民的赞赏，可以说，顺乎时代潮流，合乎世界人心。和谐，充满着善良和温情，同时，我们深知，通往和谐的道路却并不平坦。追求和谐不仅需要真诚的愿望，也需要凛然的正气和不屈不挠的精神。我们理解了目标的正确和崇高，就不会畏惧道路的艰辛和漫长。

我们需要一种开放包容、虚怀若谷的情怀。一个拥有十三亿人口、长期贫穷落后的大国,用短短三十年的时间,实现了基本小康的目标,正在向现代化强国迈进,国民生产总值跃居世界第二位。这确实是一件了不起的大事,对此,别说举世震惊,连中国人自己也缺乏思想和心理的准备。一个国家,一个民族在取得巨大的成功和进步之后,应该如何调整自己和面对世界?永远保持对于世界的好奇心,保持如饥似渴了解世界的激情,学习、吸收、借鉴世界一切国家和民族的优秀文化来不断丰富发展自己。这是一个民族、一个国家,防止发达以后的自我封闭,不断发展进步的最重要的条件和保障。当年小平同志提出改革开放,一个重要的原因是要大家睁开眼睛看世界,发现和正视中国与世界的差距,激起我们奋起直追的热情和决心。三十年过去了,我们国家取得了翻天覆地的变化,取得了举世瞩目的成就,但是我们需要常常提醒自己,我们内心那种如饥如渴的了解世界,学习借鉴他人的兴趣是否已经开始下降了呢?取得举世公认巨大成就的中国,特别需要保持清醒和虚心,特别需要更加热情友善、虚怀若谷。中国人特有的那种博大谦和、如饥似渴向世界学习的态度,不仅是我们民族的优秀品质,而且是我们国家不断发展进步的优势所在。

我们需要一种积极进取、从容淡定的气度。中国是个大国,人口多、资源少、底子薄是其基本国情。我们已经取得了伟大的成就,但实现中华民族的伟大复兴,还有很长的路要走。十二五规划,为我们展现了壮丽的蓝图,更加宏伟的目标还在前方。穷不自卑,富不骄横。我们需要积极进取,开拓创新,同时,也需要泰然自若,从容淡定。不急躁、不懈怠、不张扬、不折腾,坚定不移,脚踏实地,从容不迫向前走。对于国家,这符合科学发展观的要求;对于个人,也是一个大国国民应有的风范和气度。

中华民族整体性的思想解放和文化上的升华,始终是在中国共产党的引领和推动下实现的,党作为中国工人阶级和中华民族的先锋队,代表了中国先进文化前进的方向,在中华民族的伟大复兴中,发挥了决定性的作用。改革开放以来,在中国特色社会主义伟大旗帜的指引下,中华民族优秀传统与时代精神相承接,广大人民的愿望、情感与党的主张、国家发展战略相契合。这种浑然一体的文化思想、文化氛围和文化价值取向,凝聚并激励着中国人民,这是我们独特的政治优势和精神财富。中国发展模式和经验、中国文化理念和思维、中国关于和谐世界的愿景和宗旨,赢得越来越多国家的认同和赞赏。胡锦涛同志在刚刚闭幕的博鳌论坛上的讲话引起强烈的反响,再次证明了这一点。所有这些,可以说是中国文化灿烂的新篇章。

国家的发展,根本有赖于全民族素质的提高。文化看似柔弱,实则坚强。当历史的尘埃落定,许多喧嚣一时的东西都会烟消云散,唯有优秀的文化,会长留世间,给人们以思想的启迪、心灵的温暖和精神的慰藉。它是我们与遥远的祖先沟通的唯一渠道,也是我们满怀自信走向未来的坚实根基。

中华民族优秀的文化是我们的血脉,它随着时代的步伐,与时俱进,不断更新,又始终保留着我们民族祖先的基因。它在我们的血管里流淌着、澎湃着,勉励我们在报效国家,服务人民的同时,创造自己有意义的人生。

此系作者2011年4月16日在
全国青联论坛上的演讲

观音的级别问题

前几年,我接受南方某省负责同志的邀请,去省里为领导干部培训班讲课。

我于讲课前一天到达,游览了当地的一座著名的寺庙。对于佛教,我知之甚少,在游览中,常就一些佛教常识问题,请教寺庙的住持。其中就有一个关于观音的级别问题。在佛界中,佛的地位、级别最高,其次才是菩萨、金刚等,依观音的修行、法力、影响及群众基础,为什么仍是菩萨而不能成佛呢?住持告诉我,菩萨有两类,一类是尚未成佛的高阶修行者,一类是久已具备成佛的资质和能力,但出于使命,自己甘为菩萨的。比如九华山地藏王菩萨,曾发下誓愿"地狱一日不空,一日誓不成佛"。观音也是慈悲使然。其实,观音早已成佛,之所以甘为菩萨,完全是出于"工作需要"。佛全知全能,至高无上,众生往往敬而莫及,"不得以三十二相见如来。"观音肩负救苦救难重任,以菩萨身份出现,则可以因人化相,深入俗界,众生应以何身得度,观音便以何身出现,有求必应,普度众生。

讲课中提及此事,众皆感慨不已。

为了太湖碧波荡漾

我以一种愉悦、欣慰的心情,参观了环太湖的苏州、无锡、常州、湖州和嘉兴这五个市保护太湖成果巡回展。一幅幅精彩的图片,真实地反映了环太湖地区采取扎实举措、推进综合治理所付出的艰辛努力,反映了江、浙两省五市科学治理太湖、促进生态建设所取得的丰硕成果。

太湖,位于我国经济板块中最富活力、最具实力的长江三角洲地区,是中国第三大淡水湖泊,也是世界知名的风景胜地之一。我曾经在江苏工作过一段时间,对太湖有着深厚的感情,到北京工作后,也多次到过环太湖五市,对太湖一直留有深刻的印象和美好的记忆。

太湖因水而美,太湖流域因湖而富。碧波荡漾的太湖水,不仅哺育了世世代代的江浙子民,浇灌了环太湖地区这一片美丽富饶的鱼米之乡,而且锻炼了江浙人民敢为人先、勇攀高峰的人文精神。改革开放以来,环太湖地区充分利用得天独厚的自然条件,解放思想,抢抓机遇,率先加快工业化和城市化步伐,经济社会发展始终走在全国前列。二〇一〇年,江苏省无锡市、常州市、苏州市和浙江省嘉兴市、湖州市等五个环太湖城市,在不到全国0.3%的土地面积上,创造了全国5.4%的国内生产总值,使环太湖地区成为中国经济持续稳定发展的一个典范。

但是,发展的代价也是十分沉重的。在工业化初始阶段,面广量大的企业特别是曾经盛极一时的乡镇工业,虽然创造了令人瞩目的经济财富和发展奇迹,但传统的发展方式导致了太湖生态环境不堪重负。二〇〇〇年,环太湖五市经济总量为三千七百九十三亿元,二〇一〇年达到两万一千四百五十五亿元,十年增加近六倍。与此同时,产业发展与环境承载之间的矛盾愈发尖锐和突出。二〇〇七年,太湖蓝藻事件爆发,震动全国。直到现在,流行一时的《太湖美》的优美旋律,几乎销声匿迹。此事给环太湖地区环境保护工作敲响了警钟。同时,也开启了全面推进太湖流域水环境综合整治的艰辛征程,治理太湖、保护太湖已经成为江浙两省和环太湖五市党委和政府的一项重要工作任务。近几年来,环太湖五市为了让太湖这颗江南明珠重现碧波美景,和衷共济、同心协力,在产业结构调整、环境基础设施建设、工业污染防治、生态修复、农业面源整治、小流域治理等方面,采取切实措施,实行标本兼治,太湖治理取得明显成效。二〇〇七年以来,环太湖五市累计投入治理资金约一千二百亿元,完成近八千个治理项目。二〇一〇年太湖总氮平均浓度已比二〇〇七年下降了4.6%,太湖流域水质总体状况逐年好转。上月底,我来常州参加一个活动,就领略了西太湖的美丽风光。常州西太湖综合治理所取得的巨大变化,生动地印证了太湖流域生态保护和环境建设的丰硕成果。

人们在为美好目标奋斗的过程中,往往会有新的发现和发明。太湖治理的过程中,在江浙两省政协和全国政协人口资源环境委员会直接关心和支持下,环太湖五市政协一起,在太湖保护和治理方面,履行政治协商、参政议政、民主监督的职能,创造了"联合议政"的形式,连续三年围绕"携手保护太湖、实现永续发展"这一主题进行联合议政。在每年的联合议政会上,都对治理太湖、保护太湖提出许多建设性建议,得到了各级党委和政府的热情关注和充分采纳,有力地促进了太湖治理和生态建设,充分发挥了人民政协的独特优势和作用。今年在常州召开的联合议政会,突出"新兴产业与太湖保护"这一议题,我认为立意新、起点高、把握准,体现了我们政协在转变发展方式、加快转型升级的新形势下,更好地服务科学发展大局的履职意识和能力。全国政协人口资源环境委员会将集中大家的智慧,及时向有关方面提出建议。

太湖治理虽然取得了一些成绩,但经济增长对太湖水环境的持续压力仍然较大,太湖治理工作依然任重道远。"让太湖这颗江南明珠重现碧波美景"是一项事关群众切身利益和子孙后代福祉的民生工程,也是环太湖地区经济社会发展继续成为全国典范的必由之路。治理太湖、保护太湖决不是对环太湖地区发展的一种压力和制约因素,而是促进环太湖地区在更高平台上转变发展方式、加快转型升级的一种动力和新的契机。全面推进太湖流域水环境综合治理,既要一如既往地大力实施节能减排重点工程,加快淘汰落后产能,加强生态环境保护,更要坚持标本兼治,通过加快发展低碳技术、环保产业、绿色经济,从根本上为太湖重现碧波美景打下坚实的基础。连续三年的实践证明,环太湖五市"携手保护太湖、实现永续发展"联合议政活动是一个行之有效的履职平台,要持之以恒、不断创新,通过主题明确、内容充实的联合议政活动,进一步加强环太湖五市在治理太湖、保护太湖工作上的交流和合作,围绕同一目标,形成强大合力;进一步激发各级政协组织和政协委员关注生态、保护太湖的责任心和创造性,发挥政协优势,凝聚委员智慧,为保护太湖作出新的贡献。

环太湖五市区位条件优,产业基础好,经济实力强,发展势头猛。五市总面积二点七四万平方公里,二〇一〇年户籍总人口两千零五十八万人,城市化水平约百分之六十二,三次产业比重为2.7:56.9:40.4,总体上已步入工业化中后期阶段。转变发展方式、加快转型升级是环太湖地区经济社会发展面临的重大课题和迫切任务。国家已经正式出台加快长三角经济一体化发展总体规划和国家治太总体方案,各级政协组织和政协委员要牢牢把握好太湖生态环境保护和加快绿色经济发展两个重点，深入调查研究，积极建言献策。一方面，由于排放存量的累积效应，太湖流域的废水排放量、化学需氧量和氨氮排量仍然处于较高水平，减少污染的最直接办法就是对化工、印染等传统产业实行关停并转，坚决退出。各级政协组织和委员要围绕做好"减法"提出真知灼见，引导企业调整结构、转型升级；另一方面，发展新兴产业、促进转型升级是保护太湖的根本之策，各级政协组织和委员要发挥人才荟萃、智力密集、渠道畅通的优势，围绕加快发展现代高效农业、高新技术产业、现代服务业等重点，为党委和政府提出更科学、更有效、更有针对性的建议，为环太湖地区绿色经济发展献计献策。

我相信，在江苏、浙江两省五市的共同努力下，太湖明珠一定能够早日重现碧波荡漾的美景；环太湖地区一定能够成为享誉中外、风景宜人的生态保护区，成为加快转型升级、实现科学发展的绿色经济区。为此，我们期待着，并继续努力着！

花莲访证严法师

二〇一〇年十二月我去台北出席海峡两岸文化方面的一个论坛。有人告诉我，到台湾一定要去花莲，花莲是台湾最美的地方。我去花莲，不为观景，其实，也无关乎宗教，主要是为了拜访被誉为"东方德蕾莎"的证严法师。

证严法师一九三七年出生在台中清水镇，二十五岁剃度出家。她坚持不受供养，奉行"一日不作，一日不食"，她与几位出家人，除了自己的衣食等日常花销，全靠自己做婴儿鞋和糊纸袋等劳动所得，还从中节余，济困救难。一九六六年的一天，她在一所医院附近看到地上有一摊血，原来是一个流产的山村妇女出血不止，却因无钱被拒之医院门外。这件事深深刺痛她原本悲悯的心，于是，她发誓要为穷人建一所医院，发誓筹钱救助更多的苦难。她身体力行，并倡导动员三十位信佛的家庭主妇，每人每天从菜金中节余五毛钱，以此为始，创立了"佛教克难慈济功德金"。对于她的宏愿，当时多数人视为天方夜谭。可如今,她募集的善款超过百亿新台币,她创办了第一所专为穷人看病的"慈济医院",建立了亚洲第一、全球第三的骨髓移植数据库……她的慈善事业,涉及医疗卫生、文化教育、环境保护、社区服务、国际救援等众多领域,蒙恩受助的难民、灾民、穷人和病人,遍布全球,难以数计。前几年台湾同胞捐献骨髓救助大陆患者之事,感动了海峡两岸。此事就是证严法师领导的慈济慈善事业基金会所运作。许多白血病患者因这个基金会和它所属的这所骨髓库而获得重生,仅大陆在十年前已达一百五十六例。

我怀着虔诚敬仰的心情,步入法师的静思精舍。这是一座普普通通的平房院落,清静幽雅,朴实无华。

证严法师端坐在那里,一身已经泛白的青灰布衫,表情如一泓清水,平静里露着慈祥,亲和中蕴含着庄严。她言语平和,不疾不徐,面对她,你的心绪自然而然便会澄静下来。

法师和她的慈济慈善事业基金会自一九九一年华东大水以来,相继在大陆二十一个省市,以大爱援助大陆人民。特别是她对于四川地震灾区的关爱和救助,令人感动。我向她致谢,并告诉她,灾区重建正在顺利进展。灾难在给人们带来伤心和痛苦的同时,也大大激发了人们的爱心,推动了内地慈善事业的发展。我说有个很有意思的现象,最热心助人的往往是那些自身贫穷的人们。她平静地说,这是自然的,贫穷的人更知道生活的艰难;而富人往往是,捐少了不好意思,多了又舍不得。她的慈善事业有一个著名的口号:穷人帮助穷人!

她曾有三愿:一愿人心纯净,二愿社会祥和,三愿天下无灾。我说,这三愿中,人心纯净最要紧,有了这一条,社会便可和谐;有了这一条,天下就是有灾,人们也可携手同心地面对。她颔首答道:"正是。"

证严法师说,"世界不圆满,所以我们要弥补这份欠缺;时间不停留,所以我们要珍惜这分分秒秒"、"不要小看自己,人有无限的可能"、"社会进步不是喊出来的,是做出来的"、"修行贵在身体力行,说一丈不如行一寸"。作为出家人,当然要礼佛布道,而她始终把主要精力放在"做"上。她说,我们敬仰观世音,自己就要发愿成为观世音。这不仅是应该的,也是可能的。除了自己,若能够结合五百人,分散各处,眼观手做,都来救苦救难,帮助他人,这不就成了千眼千手的观世音了吗?四十多年来,她身体力行,从自己做起,然后到身边的比丘尼,再到三十个家庭妇女,继而感召更多的人,目前,她的志愿者遍布全球,已逾千万人,据说,现在,每天约有一百万志愿者在世界各地行动。

告别时,她坚持送我到院门口。车子开走了很远,她仍然合掌肃立在那里,目送着我们。证严法师自二十五岁出家,五十年来,本着"为佛教,为众生"的宏愿,身体力行,矢志不渝,如今,这个被称为台湾最美丽的女人,已是一位年逾古稀的老人了。晚风吹拂中,她那瘦削的身影愈益显得单薄和柔弱。我的眼眶不禁湿润起来。她那清瘦柔弱的体内,包裹着怎样一颗深邃博大的慈悲仁爱之心,蕴藏着多么强大的感召、亲和的力量呵!"人的心要练得如水一样,看起来绵软柔弱,却是坚韧的任何东西无法切断。"这是她教导弟子的话,她真正地做到了。

　　车子渐行渐远,她仍然纹丝不动地站在院门口的石阶上,目送着我们,宛如一尊清癯飘逸的青铜塑像,默然肃立在晚风之中。

金融危机的文化反省

当金融危机的风暴骤起,全球经济在低迷状态下持续徘徊的时候,一场世界性的关于经济问题的讨论正在兴起。这场讨论和反思愈是深入,愈是不可避免地超出经济的范畴,而触及人类自身的一些根本问题。我们究竟追求一种怎样的生活?我们究竟期待一个怎样的世界?人类这一古老的话题,又一次摆在我们的面前。由经济反思到文化反思,由具体问题的研讨,到人类终极问题的拷问,也许是这次全球经济危机,给予我们的一次难得的机会,它促使我们深刻反省,并趋于觉悟。这样一来,我们对于世界经济问题,以及其他问题的观察和思考,也许就会较为清晰和客观一点。

现在,关于经济问题的论坛很多,著名的达沃斯世界经济论坛,于不久前也刚刚落下帷幕。我们听到了许多真知灼见,也习惯了某些偏见和指责。比如,有的国家经济出了问题,不好好反省自己,反而诿过于他人,甚至转移视线,另起事端。如果不摒弃这种狭隘与偏见、自负与鲁莽,经济问题解决不了,其他问题,恐怕也很难希望有什么好的结果。地球是人类的共同家园,不同文明的共存,使我们的世界异彩纷呈。我们尊重世界文化的多样性,主张不同文明之间的平等对话。面对全球性的经济危机,我们认为,应该倡导一种反求诸己的文化反省精神、一种平等交流,真诚磋商的求索精神,一种同舟共济,共赴时艰的合作精神。

文化是人的生存状态和愿望的反映,反过来又对人的生存发展给予深刻的影响。除了物质形态和精神产品以外,文化的精神和品质,大量的是通过人们的生存方式、生产方式以及生活方式反映出来。商务活动就是文化方式的一个重要方面。在市场经济环境下,加强商务文化的研究和建设,不仅关系到经济的健康发展,也关系到人的自身完善,意义重大而深远。

改革开放以来,中国由计划经济转入社会主义市场经济。中国人以自己的勤劳勇敢和聪明才智,在创造巨大的物质财富的同时,也把中国人的价值判断和思维方式渗透在商务活动之中,从而形成了中国特色的商务文化。中国的商务文化,与国家的总体发展战略,以及对内对外的大政方针紧密相连,浑然一体。比如"以人为本的科学发展观";比如"构建和谐社会,追求和谐世界"的思想;比如"和平发展"、"和谐发展"的方针,比如"互利互惠"、"合作共赢"的主张,等等,都鲜明地体现出一种中国精神,体现出中国商务文化的精髓和品质。所有这些,并非抽象的概念和空洞的口号,它们为中国改革开放和现代化建设的实践和成就所佐证。这些思想和主张,超越了传统的思维定势,使激烈的市场竞争,在保持其优胜劣汰积极意义的同时,为公平正义、合作共赢,提供了思想的启迪,开辟了现实的可能。可以说,这些思想和理念,不仅是中国人对于当代世界经济生活的贡献,也是中国人对于人类发展的深邃思考和真诚谏言。

中国是一个人口众多、资源短缺的发展中国家,实行市场经济制度又为期尚短,市场体制机制发育还不够健全和完善。尽管三十多年来取得了巨大成就和进步,但无论经济生活,还是社会生活中,均存在不少矛盾和问题。对此,我们从不讳言,并注意不断地反省、总结、调整。中国人不乏自信和坚忍,同时,愿意做一个虚心的倾听者和真诚的合作者。

无论经济,还是文化,其实践的主体和受益的对象都是广大而普通的民众。我们重视专家学者的意见的同时,需要更多地听取来自实践、来自民众的呼声。浙江是中国经济和文化最为发达的省份之一,商业历史悠久,商务文化发达。浙商是改革开放以来,我国在国内外市场上最为活跃的一支生力军。这支基本来自普通农民的企业家队伍,在成就事业的历程中,自身也经历了不断进步,不断提高,甚至有如凤凰涅槃般升华的过程。他们的聪明才智和艰苦卓绝的奋斗精神,生动而具体地向我们诠释一种源于传统、融于时代的文化精神。我们选择浙江作为这次论坛的举办地是正确的,它一定会给予我们一种特殊的感受和力量。

人需要一点诗的情怀

诗歌是情感的载体,它对于情感的表达,简约含蓄,且往往隐晦朦胧。对于诗歌的评论历来困难,且争议较多。正因为如此,当程宏要我为他的诗集作序时,我真的颇为踟蹰。这本名为《倘若此刻抵达》的诗集不算很长,但创作的时间跨度,长达三十年。这三十年正是中国改革开放,发展迅捷,变化巨大的时期。诗歌抒发的当然是个人情感,但诗歌中的个人情感,总是自觉不自觉地与社会的境况紧密相连。正因为如此,这本诗集读来,使人有一种往事回眸,感同身受的亲切。诗集中最早的一首叫《船歌》,写于一九八一年,请看第一节:

扬起白帆/船,在一片蔚蓝中/轻轻地滑行/我们同太阳一道出门/向着明天/召唤着风/啊,地上的海/天上的海/心中的海……

写这首诗时,正当青春年华,其神采飞扬、生气勃勃,跃然纸上。不论作者是否意识到,这种发自个人内心的青春咏叹,与国家改革开放初期,那种春潮涌动、千帆竞发的情景高度契合,从而赋予了作品一种鲜明的时代气息。

诗集中大多数是九十年代以后的作品。社会氛围已由那种狂飙突进转入持续发展的相对稳定,作者本人也渐入中年。此时的作品,虽然不乏激情,但明显地多了些沉静与思索。作者在日新月异的发展中,保持着一份冷静和清醒,他特别关注那些生活在社会底层群体的生存状态。比如贫困的乡村、春节前夕拿不到工资的民工、为养家糊口,屈辱麻木,混迹于城市的乡村姐妹,乃至台湾老兵等等。慈悲情怀和忧患意识是中国诗歌的优良传统。他在此类诗作中流露出的淡淡忧伤,使他的作品浸润着一种悲悯的情绪和人文关怀的精神。由于工作关系,这一时期,程宏还为中央电视台的晚会、电视剧和各类专题片写了不少主题歌。这类近乎命题的被动创作,极容易挤压出一些空洞的、概念化的东西,但程宏总是努力寻找恰当的切入点,融入个人的真情实感,写出了一些如《我爱的中国》《三月八日》《终于》之类的好作品。

我们正处在一个伟大而复杂的时代。现代化、全球化以不可逆转之势,迅猛地发展着。财富如潮水般涌流,生活日新月异地变化,然而,人们活得好像并不那么自在。内心深处,让我们眷恋的某些东西似乎正在悄悄地远去;血液之中、让我们感到温馨的某些元素仿佛正在慢慢地流失。新奇的事物应接不暇,若有所失的情绪总是挥之不去,人们在缭乱中感受单调,在喧嚣中品尝寂寞。

社会的发展,一如人的成长,有些现象、有的阶段也许是难以逾越的。社会的成熟需要耐心和坚持,人心的澄净需要滋养和调适。我们每一个人都有一份自己的工作和责任,同时,是否也应该从自己的心境和环境出发,寻找到适合自己的呵护心灵,同时也有益他人的生存方式和生活方式呢?否则,我们便有可能在批评浮躁中变得浮躁,在埋怨喧嚣时落入喧嚣。诗歌是情感的表达,也是情感的滋养。当浅薄、浮躁之风盛行之时,如果能够保持一种从容恬静的心境,以一种"但写真情与实境,任他埋没与流传"的心态,写一点诗歌,或者别的什么自己所喜欢东西,这难道不也是一种怡然自得、令人羡慕的状态么?

我们正处在一个社会转型的特殊时期。信息技术的发展极快,而人与人的隔膜渐深。社会的和谐需要人与人的沟通。而心灵的沟通,不乏技术而需要真诚,真诚地倾诉,真诚地倾听。如果说,写诗是一种倾诉,那么,阅读不就是一种倾听么?

琴韵悠扬

去年春天,首都京胡艺术研究会成立;今年春天,一本研究探讨京胡艺术的专著,即将面世。这两件事均不事张扬,发生在悄然之间,也许,并不引人注目,却令人感动,给人以温暖的信心。

京胡艺术伴随着京剧艺术的成熟和发展,也成为一个博大而精深的艺术体系。琴师作为京剧音乐艺术不可或缺的传播主体,对于京剧流派的产生发展做出了重大贡献。首都京胡艺术研究会的成立为京胡艺术的发展迎来新的契机,其在京胡演奏的艺术实践和理论研究上进行了许多卓有成效的工作。为了纪念首都京胡艺术研究会成立一周年,出版了此论文集,其中共收录了二十四篇专业论文,约十二万字。该书凝结了几十位具有代表性的老、中、青京胡演奏家以及专家、学者的理论思考。研讨课题涵盖了京胡艺术的众多论点,并进行了相关文献梳理、实践经验整理和系统的理论研究。论文集如此全面、深入的对京胡艺术种种理论实践问题进行集中探讨,可谓史上空前;将使京胡的研究得到理论升华,对京胡艺术的发展意义深远。

  当前的文坛,喜在蓬勃发展,忧在浮躁日甚。弘扬民族文化,振兴民族艺术,需要有一种发自内心的热爱和珍重,需要有一种锲而不舍的坚持和脚踏实地的努力,同时,也需要有理性的思考和切实的措施。首都京胡研究会的成立、《琴韵》一书的出版之所以值得庆贺,其意义正在于此。

关于昆曲及其他

现代化、全球化毫不理会人们的感受,以不可逆转之势迅猛地发展着。这一趋势深刻地影响着人们的生活,在给人们带来种种享受及便利的同时,也给人们以诸多的困扰。财富如潮水般涌流,生活在日新月异变化,然而,人们活得好像并不那么自在。内心深处,让我们眷恋、产生归属感的某些东西似乎正在悄悄地远去;血液之中、让我们感到温馨和踏实的某些元素仿佛正在慢慢地流失。新奇的事物应接不暇,若有所失的情绪总是挥之不去,人们在缭乱中感受单调,在喧嚣中品尝寂寞。

现代化、全球化对于传统的销蚀和解构是一个不争的事实。这是一个复杂的文化现象,难以简单地用"好"还是"不好"来判断。其实,在人们的内心深处,传统的摧毁和消失,又何尝不曾是一种期待和快意呢!许多东西的重要和珍贵,往往在其行将消亡之时,我们才猛然发现。

世纪之交,国际学界曾经涌起一波反思的浪潮,可惜的是,经济方面的跌宕起伏,最终遮蔽了这股人文反思的声音。这个浪潮虽然兴起仓促,退之悄然,但毕竟提出了许多值得我们深入研究的重大课题,有的还形成了广泛的共识。比如,在现代化进程中应该特别珍惜人类的文化遗产,在全球化的进程中要特别注意保护文化的多样性,就是其中最为著名的论断。

正是在这样的背景下,联合国教科文组织发起了关于人类口头非物质文化遗产保护的倡议。中国是这一倡议的积极参与者和首批签约国。昆曲在人类第一批口头非物质文化遗产代表作评选中,获得全票通过。这对于正在兴起的传统热、国学热,无疑是一个有力的推动。传统与当代、继承与发展、更新与坚守,这些年来,早已超越学术界,成为全社会的热门话题。

文化是什么?文化即人。任何对于文化的关注,其实质就是人们对于自己生存状态及其命运的思考。纵观中国改革开放三十年的历程,对于文化的重视,可以说日甚一日。这种文化的自觉已融入国家发展的战略,这一点最可庆幸。

杨守松是一位深怀忧患意识的作家。二十年前,他写了《昆山之路》,二十年后又写了《昆曲之路》,前者写的是经济,后者写的是文化。其实,经济也好,文化也好,其主体都是人。而对于人的研究,直接间接、或多或少,似乎终将涉及到一个带有根本意义的话题:我们到底期待一个怎样的世界?我们究竟追求一种怎样的生活?

此系作者为杨守松《昆曲之路》一书所写的序言

一位真诚的学者

江南暮春,莺飞草长,我在苏州。

苏州是国家颁布的第一批历史文化名城,每次到苏州,参观及话题,似乎总离不开文化遗产的保护。苏州的朋友在谈话中,常常会以一种感激的心情,提及诸多专家学者对于苏州的关爱,其中自然少不了罗哲文先生。

罗哲文是我国古建研究和文物方面的专家,几十年来,为了古建筑的保护和文物方面的事,他的足迹遍布全国,其中,到苏州就达百次之多。苏州人,特别是苏州文物界的朋友,对罗先生都相当熟悉。我每次来苏州出席文化遗产方面的会议或活动,差不多总可以见到罗先生。

可是,这次没有。去年,也是这样莺飞草长的季节,我在苏州出席一个会议期间,突然接到罗先生的公子罗扬的电话,他告诉我,罗先生于五月十四日晚间在北京不幸辞世了。时光倏忽,再有几天,就是罗先生逝世一周年了。

我与罗先生相识十多年,除了有关文化遗产工作方面的接触,真的谈不上有多少深交。但不知为何,他给予我的感觉,却有些不同寻常。罗先生之于我,生前,总是那么亲切、快乐而自然;走后,印象却愈益清晰、鲜明和难忘。

一个人,无论从事何种职业,欲成大器,非真诚而不可得。即古人所谓,欲成其事,先正其心,欲正其心,先诚其意,精诚所至,金石为开。罗哲文先生就是这样一位真诚的学者。

一九四〇年,罗哲文还是一个稚气未脱的少年,便考入了我国最早的古建研究机构——中国营造学社,成为梁思成先生的入门弟子。从恩师的教诲和耳濡目染中,也从实际生活的体验里,罗先生领悟了文化遗产对于一个民族的意义,便满腔热情,真诚地投身其中。七十多年来,初衷不改,老而弥坚。可以说,为保护和传承中华民族的优秀文化,罗哲文先生真正做到了全神贯注、身心相许。他曾经说过,他这一辈子,从学徒到参与者,心无旁骛,就做了这么一件事。现在,越来越多的人明白,这件事,对于国家和民族的重要意义。文化遗产的保护,关系到中华民族悠久历史的记忆和延续,也关系到我们满怀自信走向未来的根基。

改革开放以来,国家发展,日新月异,文化及文物工作也愈益受到重视和加强。对此,罗哲文欢欣鼓舞。同时,他也敏锐地觉察到,大发展大开发背景下的文化遗产保护,更加繁重、艰巨、和复杂了。为此,他与一批老专家奔走呼吁,提醒建议。正如他自己所说,为了文化遗产保护之事,"说过的话、去过的地方、做过的工作、提过的意见,真是太多太多了!"他是第六、七、八届全国政协委员,发起和参与的提案、建议,不胜枚举。绝大多数与文化遗产保护有关。其中,他倡导并全程参与的长城保护、大运河申遗、历史文化名城保护、加入文化遗产保护国际公约等重大建议和项目,受到党和政府的高度重视,对我国文化遗产事业的发展,发挥了重要作用。

罗先生是个温和乐观而又富有原则性的人。他平时总是与人为善,笑容可掬,但是,只要遇到文化遗产遭受破坏及损害的事,便生气动火,据理力争。有一次,与我谈起自己亲历的文化遗产遭毁的事件,虽然已经过去了几十年,罗先生仍心痛不已。他那黯然神伤的样子,令我难以忘怀。

罗先生去世以后,文化、文物界的同事和朋友举办了一些追思纪念、研究座谈活动。我看了大家的发言,很是感动,并且愈益感受到罗先生源于真诚的人缘及亲和力,认识到,他真诚的品性在做事与待人上的统一。

罗先生常常满怀深情,与人讲起梁思成、林徽因夫妇对他的关怀和教诲,并总是把这份感激和怀念的心意,转化为自己对于青年的悉心培养和提携。他多次说过,民族文化遗产的保护和传承任重道远,他喜欢带着青年人一起做。可以说,对于恩师前辈的景仰和深情,对于青年后学的厚望和提携,对于民族文化遗产的挚爱和守护,在罗哲文的心里,已经水乳交融,浑然一体。

罗先生热爱自己投身的事业,同时,也热爱那些志同道合的同事和同道。他在文物界,在社会上,包括传媒界,因为文物保护而相识相知的朋友,不分老少,遍布全国。记得,二〇一〇年九月,著名文物专家谢辰生先生的文博文集首发式在故宫举行,八十六岁的罗先生拿着相机,跑前跑后,兴奋不已,那份高兴劲儿,就像他自己遇到了什么大喜事似的。他还把赠予谢先生的诗作复印件送了我一份。谢先生比他年长四岁,诗作落款,他以"小罗"自称,令我忍俊不禁,又心存敬意。

结识罗先生时,他已年逾古稀,十多年来,早已是八十多岁的老人了。但在我的印象里,他好像就没有什么大的变化,永远是那样热情乐观,兴致盎然。蓬乱花白的头发,清癯微笑的面孔,他常常身着一件灰白色的旧马甲,脖子上挂个照相机,频繁地奔走在全国各地,或骑着自行车穿行在北京的胡同里,为考察、记录、研究古建等文化遗存,忙碌不停,不知老之将至。

世事沧桑跌宕,人生曲折磨难往往在所难免。无论从事何种职业和事业,年长日久,历经坎坷,若无真诚与执着,便容易滋生疲乏和懈怠,甚至沾染世故与油滑。文化遗产的保护,既然有其特殊的重要,也便有其特殊的艰苦,不仅需要耗费体力和心力,而且需要不屈不挠、坚忍不拔。罗哲文投身此项事业凡七十余年,从少年而至耄耋,可以说,始终兢兢业业,无怨无悔,一往情深。七十年如一日,从来都不曾厌倦,不曾冷漠,不曾懈怠过。

由此,我想,一个人对于自己所投身的事业,理解了,才会珍惜;珍惜,才会有发自内心的真诚与执着,才能保持一种永不衰竭的依恋和激情。"真诚"二字之所以可贵和不易,是因为它不只是一种态度,而是一种心甘情愿的选择,一种不惜以毕生心血去践行的信念。

江南暮春,莺飞草长,我在苏州。想到罗哲文先生的逝去,不免平添一份怅然。然而,回想他的风范和精神,感受业内外朋友对他的挚爱与追思,又倍感欣慰和充实。

我怀念这位可敬的老人和真诚的学者。

魂牵梦绕是此书

匡老辞世后,我去看望匡老夫人丁莹如教授。她向我讲述了匡老病重之际仍然牵挂着"中国思想家评传丛书"的一些情景。我对她说:"匡老是为'评传丛书'耗尽了最后的心血。如果不是这套丛书,他的晚年也许会活得更安逸一点,更长久一点;然而,如果不是这套丛书,他的晚年也就不会如此充实,如此的有意义。"丁先生轻轻地叹了口气,答道:"是这样。"

对我国悠久的传统思想文化进行全面系统的总结和研究,是匡老的宿愿。然而,由于复杂的历史原因,这一愿望历经四十多年,一直未能实现。匡老每与我议及此事,便感慨不已。十一届三中全会以后,我国进入了改革开放的新的历史时期。党所领导的拨乱反正,全面纠正了指导思想上"左"的错误,恢复了党的实事求是的思想路线,各项事业呈现出蓬勃发展的新局面。学术研究也有了一个前所未有的、良好的宏观环境。对此,匡老十分欣喜,更十分珍惜。一九八二年,他辞去南京大学党委书记、校长的职务后,便立即把这一酝酿四十多年的设想付诸实践。短短几年间,他不仅完成了三十多万字的专著《孔子评传》,而且着手筹措通过"人物评传"的方式,对悠久的中国传统思想文化进行全面系统研究和总结的宏大工程。由此,开始了他人生中最后阶段的辉煌冲刺。他不顾年逾八旬的高龄,亲自登门,多次向中宣部、国家教委、江苏省委等领导机关申述自己的主张,呼吁对"中国思想家评传丛书"工作的重视和支持;他频繁地组织和出席各种有关中国传统思想文化的学术研讨会,广泛地征求意见,集思广益;他奔波于全国各地,遍访专家、学者,共襄弘扬中国优秀传统思想文化的盛举。

　　对于匡老这种急切的心情和只争朝夕的作风,开始我并未能深切地理解,只是认为,这是老人多年的愿望,"蓄之既久,其发必速",加之年事已高,时不我待,紧迫自是情理之中了。后来,在和他越来越多的交往及深谈中,我才深深地理解他这种"迫于使命"的急切心情。人的一生有许多东西是不能辜负的,而最不能辜负的,是对国家、对民族的责任。匡老正是把自己所从事的这项学术研究工程,与伟大中华民族的复兴大业紧密相连。他思考历史,更多的是出于对现实和未来的关注。改革开放给长期封闭的中国带来了勃勃生机。他衷心拥护党在新时期的路线、方针、政策,为国家的兴旺而欢欣鼓舞。同时,丰富的阅历和敏锐的政治洞察力也使他预感到,如何科学评价和正确对待中国传统思想文化问题,又一次摆到了中国共产党和马克思主义者的面前。特别是当时出现的一种民族虚无主义思潮,更加引起了他高度的警惕。他在给中共江苏省委的信中写道:"如何正确对待中国传统思想文化问题,是中国共产党和马克思主义者面临的不能回避而必须解决好的问题。"他明确地表示:"将坚定不移地遵循中央的方针,对历史文化,批判其消极的东西,汲取其积极的因素,以实事求是的严谨学风……来弘扬传统的民族文化,从而达到'古为今用'和'继往开来',以便有利于中国特色社会主义精神文明建设,有利于改革开放政策的健康贯彻。"后来,思想理论界事态的发展充分证明了他的远见和卓识。

作为一名资深的马克思主义理论家和政治家,匡老具有坚强的党性。他善于从政治上观察和分析问题,面对复杂的社会现象,常常是高屋建瓴,洞察秋毫,但同时他也反对简单粗暴地以政治的方式处理学术问题。他始终认为,学术问题,应该通过学术批评的方法来解决,必须坚定不移地遵循党的"百花齐放、百家争鸣"的方针。他是一位德高望重的革命前辈,又长期从事领导工作,但在学术界,他始终把自己放在一个普通的学术工作者的位置上。他勇于坚持自己的学术观点,在原则问题上,从不妥协和让步,同时,又以博大的胸怀和谦和的态度对待学术上的争议,包括对自己所持观点的批评。正因为如此,他才能通过丛书的工作,把一大批在中外享有盛名的专家学者吸引、团结在自己的周围,从而形成了一个以弘扬中国优秀传统思想文化为己任的学术群体。

从八十年代初开始,因为"中国思想家评传丛书"的工作,我有幸经常地与匡老见面。每次见面,几乎没有第二个话题。一谈起民族文化及丛书的事情,他便神采飞扬,兴致盎然。他对于传统思想文化的许多真知灼见,使我深受教益,特别是他关于传统思想文化中蕴涵着生生不息的思想活力和创新精神的见解让我耳目一新,颇受启迪。他晚年的喜怒哀乐,几乎全与丛书有关。丛书工作进展顺利时,他怡然自乐;遇到障碍时,便焦急不安。可以说,从八十年代初始,到他去世之日止,十多年间,他魂牵梦绕的就是这套丛书。他多次对我说,他绝不当挂名的主编,他要审定丛书最后一部,并亲手签发付印,才算尽到了责任。为此,他顽强地与衰老和病魔抗争。自一九九三年后,他连续经历两场重病,竟能奇迹般地康复。一九九六年五月,当他以九十高龄携已出版的丛书(50部)来京召开座谈会时,见到他的人无不惊诧不已。

十多年来,为了"中国思想家评传丛书",匡老倾注了全部的心血和热情。在和他的交往中,我不止一次地问自己,在老人那瘦弱的体内,何以有如此充沛的活力？在历尽沧桑、屡遭磨难之后,老人何以能永葆如此纯真的童心？我默默翻阅他送我的《求索集》,重温十多年来他给予我的教诲,一步一步走入了老人的内心。在生命的最后十多年中,他关心的岂止是这套二百卷的丛书,他魂牵梦绕的,始终是他青年时代投身,并毕生为之奋斗的中华民族的振兴。

此刻窗外星光闪烁,万籁俱寂,我仿佛真切地感受到老人那颗仍在"怦怦"跳动的、滚烫的忧国忧民之心。

匡亚明教授是我大学时代的校长。在校时,我只是他成千上万弟子中的一个,无缘单独向他请教。想不到离开校门近二十年之后,竟能常常聆听他的教诲。十多年来,他为我留下了终身难忘的师长风范。

我不敢以是他的学生而自豪。

我会以是他的学生而自勉。

守荣其人

守荣要我为他的杂文集写几句话作为序言。慨然应允之后,不禁又犹豫起来。太熟悉的人,往往反倒觉得不知从何说起。

守荣是我大学的同学,同窗五载,相处甚好。毕业之后,他回到了他所热爱的故乡工作至今。他的质朴、实在是与之熟识的人所公认的。我想,这大约与他家乡那种淳厚的民风有关。每次晤面,我总爱听他谈谈乡间的故事和社会上的见闻,他总是那么平和、客观,即便是说到激烈之处,也极少夸张和渲染。正因为如此,他的述说,尤其令人觉得可信;他的爱憎,容易使人感染。

守荣外表憨厚,甚至给人以木讷、迟钝之感。其实,他外拙内秀,心思十分精细,感觉亦相当灵敏。他酷爱读书,一打开书本,往往便全身心地沉浸其中。他热爱生活,善于从一人一事一言中获取灵感。他不善于也不喜欢作鸿篇大论,总是从平常的生活中删繁就简地撷取事例,加以画龙点睛式的议论,来引起人们的深思。

　　无论为人,还是为文,守荣的魅力不在乎奇异,不在乎精巧,不在乎广博,甚至也不在乎深邃。他的引人和感人之处,主要的在于其纯真和重情。对于师长、同学、亲友,他总是那样情真意切。他把这种挚爱之情扩展到对国家、对人民事业的热爱,扩展到对普通人命运的关注。这一点在他的文集中显得尤为突出。

　　质朴、敏锐、纯真就是守荣给我的总体印象。他真诚而谦恭地把自己的所见、所闻、所感诉说给你听。他习惯于把你引至那些平凡而善良的人们面前,面对他们,你会感受到心灵的纯净、精神的振作;有时,也谈及社会上某些不光明、不愉快的事情,他真诚的忧伤,令你倍感虚伪、骄横和冷漠是多么不能容忍。

　　原为说文,却于不知不觉中变为论人。好在有一个"文如其人"的说法,尽管有人说也不尽然,但至少对于守荣,我想还是适合的。

此系作者为王守荣的杂文集
所写的序言

文化回报无可比拟

四川的同志讲到汶川地震的时候，对于党中央、国务院的关怀，对于全国人民、国外友好团体、友好人士的支持，总是怀着一种深深的感激的心情。四川人民是多情多义的人民，他们能够并且正在报答全国人民和社会的，我看最好的东西就是精神和文化了。人们常说多难兴邦。多难，首先是兴文化、聚人心、振精神，而后方可兴邦。即通过兴文化再去兴邦。四川人民怀着感恩的心情去铭记那些关怀和援助自己的人们，而全国人民都知道，抵抗这次灾难，在灾难后重建家园的主体，始终是四川人民自身。四川人民直接承担和抵抗灾难并在灾难中昂然站立起来，全世界从四川人身上看到，在山崩地陷的特大灾难面前，中国人的脊梁是坚硬的。四川人民在这场灾难面前的经历和表现，精神和情感是一笔巨大的精神财富，我们应该通过文化艺术的形式，使之传播于世，并留传后人，这是四川对全国人民，对整个社会最好的报答。在抗震救灾，重建家园的全过程中，四川文艺界的同志们，也都勇敢地站在第一线。比如四川文物界的同志，就有不少感人事迹。地震之后，从博物馆摄像头、监视器留下的影像可以看到，发生地震的时候，观众往外跑，工作人员从外向里跑，为什么？怕文物受到损害。这种精神多么感人。四川人民经历这样大的灾难，仍需要有一定沉淀的时间，尽管我们已经出了不少好的作品，但是长歌当哭，应是在痛定之后，我想，通过一定时间的沉淀，对于世事，对于人生，我们都会有更加深邃的感悟。汶川地震必定会有更加优秀的作品问世。我对此抱以非常期待的心情。汶川地震，在历史上，在世界上都是非常罕见的，这么大的灾难，多少人为此付出生命，多少人为了他人而牺牲了自己，感天动地的抗震规模宏大的重建以及家庭的悲欢离合，社会的关爱和救助，人与自然的关系等等，等等，将会引发我们诸多的联想、领悟和深思，四川，乃至全国，通过沉淀以后，会有很多有思想深度、感人的作品，不管是音乐、美术、舞蹈，还是其他文学艺术方面，都应有一批传世之作。全国人民感激四川人民的付出，感激四川给予中国和世界这种无可比拟的文化上的回报。

此系作者2010年11月21日在四川省文联工作汇报会上的讲话摘要

中华文明的艺术表达

我想大家都意识到我们正在做一件非常有意义的、重大的艺术工程。这个工程不仅是用美术这一特殊艺术形式来表现中华民族所走过的五千多年的历程，集中展示我们民族的历史、气派和精神，也是一次集中展示中国美术界的民族情怀、中国气派以及艺术功力的重大活动。

美术能够直观地体现出一个民族和一个时代的精神气质，但美术的发展也受到各种各样观念、思潮的影响。因此，中国美术界应该整体地来展示一下自己的价值观，展示一下中国美术家的精神追求、艺术趣味和造诣。不能把中国美术的评价权、引导权交给国外的舆论，交给国外的某些基金会。我们需要建立起我们民族的自信，我们要做出自己的判断：什么才是我们中华民族、泱泱大国的气派？我们学会了倾听我们有海纳百川的胸怀，但首先我们自己要有文化上的民族自信。

我们的美术有各种门类和形式：油画、国画、版画、水彩、雕塑、木刻等等。有些东西当然最初也是外来的，如油画。但是，这些外来的艺术在中国的土壤里生长，在中国的文化氛围里浸染改造，特别是中国美术家的独创精神，让中国美术的整体体现出一种中国的风格、中国的气派。所谓中国风格、中国气派，并非指美术个性的一律化，而是一种多样性的统一，是一种整体和谐，个体的千姿百态。美术创作活动，是艺术家个人的一种艺术的创造。必须充分发挥艺术家个人的创造性和想象力。这一点非常重要。

人类历史始终有一个再认识的过程，历史是客观的，但是对历史的认识总是随着时代的进步不断深化的。我们是一个多民族的国家，中华文明是由各民族共同创造的，我们的艺术创作要尊重这个历史，这才有利于今天民族大团结。例如，关于炎帝、黄帝、蚩尤这三位历史人物。在过去的历史中，我们经常看到"黄帝大战蚩尤"，把蚩尤写得、画得非常凶恶，很反面的一个形象。其实对于这段历史，《史记》等著作中虽然将它作为一个神话描述，寥寥数语，但其中蚩尤给我们的印象非常鲜明生动。蚩尤在战争当中最后失败了，战死的时候，鲜血洒满山林，满山的红叶就是蚩尤的血染而成的，这是何等壮观和浪漫；蚩尤被杀以后，黄帝在自己的旗帜上画上蚩尤的头像，封他为战神，这说明黄帝敬重蚩尤，把蚩尤的像画在自己的旗帜上，封他为战神，一是借他的声誉增强威慑力，二是对九黎部落进行安抚，增强亲和凝聚的力量，所以蚩尤部落的不少人便归顺黄帝了。上世纪九十年代,有一个《炎黄二帝》的电视剧,把蚩尤作为反面形象表现,播出以后,苗族等南方少数民族同胞对此反响强烈,提出了尖锐的批评,因为他们自认为自己为蚩尤子孙。历史是人民创造的,我们中华民族的历史是五十六个民族共同创造的,在创造历史的过程中,各个部落间互相征战,有胜有败,但不管胜败,他们都是我们的祖先。为此,中宣部还正式发出通知,要求不要太强化"炎黄子孙"的提法,而是应强调"中华儿女"。

去年,我特地去涿县参观了"三王庙",把蚩尤与炎黄并列,建庙祭祀是高明之举,为表达支持和赞赏,我还写了一首五言诗:"文明开涿鹿,浩然五千年,炎黄称始祖,蚩尤可比肩,多元熔铸力,一脉中华魂,仰怀情无限,万里好河山。"表现中华民族的历史,一定是要有利于我们各民族的团结,有利于体现我们多元一体的中华精神。

这虽然是一次政府主导、文联等团体和机构组织引领的活动,但是成果不仅体现在最后政府收购的一百五十件作品中。即使没有进入政府收购的范围内,其他所有参与艺术家的作品尽管落选,也都有其自身的艺术价值。这些作品仍然可以通过各种公共空间展出,包括出版或在报刊上刊登。这样,虽然我们收购到国家博物馆陈列的是一百五十件作品,但实际上我们可以出一大批作品,这些作品经过时代、历史的过滤、沉淀,说不定在落选的作品中,有的作品艺术价值还会突显出来,甚至在某些方面超过获选的作品,亦未可知。

我们采取了一种博大的胸怀来尊重艺术家的创作,包括我们收购的作品,我们都得好好保管,使之成为国家博物馆的永久陈列。即便是没有入选的作品,我们仍然期待它们经得起历史的考验,在艺术的发展历史上,有自己的地位,这也是我们这次活动的一个功绩。

总之,我觉得这个创作活动非常有意义,对于国家、对于民族、对于中国的美术界都是一个机会,是一个整体展示中国气派、艺术趣味的一次机会。这样,通过我们的艺术,能够建立起中国艺术的自信,增强我们民族的自信。

此系作者在《中华文明历史题材美术创作工程》启动仪式上的讲话

媒体的文化责任

今天的会标是讲演会,其实,我不太喜欢"讲演"这个词,也许,用"恳谈"更为确切。我很珍惜有这样的机会,与诸位作一次敞开心扉的交流。

在座的有不少媒体界的朋友。我曾经从事过传媒工作,而且曾担任过亚洲广播电视联盟的轮值主席,正因为如此,我对于诸位,怀有特别的亲切和期待。

媒体是文化的翅膀,文化是媒体的灵魂。中日两国人民要增加了解,增进感情,需要更多的接触。但就多数民众来说,对于对方的了解,很大程度上是通过媒体来实现的。

人要生存、要养家糊口,总得有一份正当的职业。从事媒体职业的崇高之处,在于这个职业不只是个人谋生的手段,它对于传播优良的文化,沟通人们的心灵,肩负着神圣的文化责任。

中日两国文化交流,历史悠久。在古代就有鉴真和吉备真备这样著名的文化使者。今天,更有无数孜孜不倦地为中日文化交流辛勤耕耘的园丁,他们积极投入中日文化交流和中日友好工作,对沟通两国人民的心灵做出了杰出贡献。他们那种追求真理和正义的执着精神令人钦佩。

在从事中日文化交流工作的过程中,我还认识或了解到一些亲历或直接参与了那场战争的日本人。战争的痛苦体会,战后的理性思考,使他们现在成了维护和平和中日友好的坚定支持者。他们敢于正视历史,言行正义。当他们弯下腰去向侵华战争死难者和受害者致歉时,他们的形象一下变得高大起来。他们赢得了中国人的尊重,同时也维护了自己和国家的尊严。由此,让我进一步领悟了真正的爱国主义和狭隘的民族主义的区别。狭隘的民族主义给国家带来的往往不是利益而是危害。真正的爱国主义必然拥有博大的胸怀,越是爱自己的祖国,同时,也就越是热爱这个世界。

进入新世纪以来,国际形势发生了复杂深刻的变化。在经济全球化、政治多极化、文化多样性的总趋势下,和平、合作、友谊、团结、发展的潮流日益壮大,区域性合作的势头也方兴未艾。中日同处东亚,一衣带水,有着悠久的交往历史,有着相通的文化渊源,有着现实而长远的共同利益,有着多年来合作发展的基础,我们一定要本着"以史为鉴、面向未来"的精神,推动两国关系向着和平共处、世代友好、互利合作、共同发展的崇高目标迈进。

国家关系的发展需要政治家的高瞻远瞩。同时也需要有广泛而坚实的民众基础,唯有如此,中日关系方能排除干扰、破解难题、不断向前。

当前,中日之间正处于需要彼此深化认识的特殊时期。改革开放二十多年来,中国这一文明古国正在焕发蓬勃的生机,中国人对自身和世界的认识也正在不断加深。在国内,我们贯彻落实"以人为本"的科学发展观,努力构建和谐社会;对外,坚持维护世界和平,促进共同发展,努力构建和谐世界。

"和谐"是中国传统文化中的重要理念。在人类探索二十一世纪新型的人际关系、国际关系时,再次显示其博大和睿智。追求和谐,这是中国人从传统哲学和近代历史的经验教训中得出的结论,是中国政府对内对外的基本方针,也是当代中国主流文化的价值追求。与此同时,我们也注意到日本国内关于国家发展及文化取向的讨论也在广泛而深入地进行之中。

和谐也是东方文化中的一个重要理念,是亚洲各国之间传统友谊和现实合作的文化纽带。

近代以来,日本作为一个亚洲国家在向西方学习方面走在前面,且卓有成效。但在文化取向上,恕我直言,日本似乎甚是迷茫和困惑。长期以来,"脱亚入欧"的主张在日本颇为流行。这种主张带来的后果,使日本人在文化心理上处于一种相当尴尬的处境,亚洲人觉得日本人已自别与亚洲,而欧美人又从来不曾把日本人视为同类。试问,日本人在文化上何以自处呢?

我不想对日本的国内事务多加评论,但作为一个主张中日友好的人士,我应坦诚地、善意地奉献我的观点:在实行全面开放的同时,日本应该在文化上回归亚洲,植根本土,在发展与美国等西方国家关系的同时,下决心改善与亚洲各国的关系。中日友好,亚洲合作,有利于中日,有利于亚洲,也有利于世界和平与发展。

时代在前进,中日关系有待向新的深度和广度发展。把交流变为沟通,需要深层次的互动;把沟通变为理解,需要心与心的共鸣;把理解变为和谐,需要坚持不懈的努力。

在漫长的历史长河中,个人的生命显得极其短暂,但人们还是铭记着那些为中日友好,为世界和平,为人类福祉作出过贡献的前辈、先贤。在缅怀他们的业绩时,我们清楚地意识到,我们今天所做的一切也终将成为历史。

我希望日本媒体界的朋友在增进中日两国人民的相互了解和友谊,促进两国的长期友好和合作方面发挥积极的作用。

此系作者2006年11月在东京记者俱乐部讲演的部分内容

报道的角度

关于徐洪刚的报道，为什么比较成功，我认为它选择角度非常好，就是英雄爱人民，人民爱英雄。不光是宣传徐洪刚的见义勇为，与歹徒作斗争，更加着重地宣传了我们的人民群众对英雄人物的爱戴，千方百计的抢救，这是非常好的，不能把我们的英雄都写成孤胆英雄，不要把先进人物写得不近人情。有的宣传，为了突出先进人物，事业成功，非来个妻离子散。讲一个先进人物，是一个称职的干部、称职的警察、称职的教师，但不是一个称职的丈夫、称职的妻子、称职的父亲，这就片面了。从本质上讲，对事业负有高度的责任心的人，对家庭、对妻子、对子女同样负有责任感，本质上是统一的。尽管他没有很多的时间在家人生病的时候坐在床头，但他的心肯定牵挂着。前几天我看到中央电视台报道一个天安门广场上的警察，这个警察的回答使我非常感动。记者问他："有人说你是个称职的警察，但不是称职的父亲？"这个警察回答:"做一个称职的警察不容易,做一个称职的父亲也不容易,这两件事都要尽力去做。"很多先进人物,花在子女身上的精力很少,但对子女的影响很大,对子女的感情也是非常深厚的。尽管他自己讲不是称职的父亲,但他为子女做了表率,子女往往都认为他是最好的爸爸。这正是崇高感情在家庭生活中的体现。所以宣传英雄人物、先进人物不要简单化、概念化,要反映他可亲可敬的一面。我认为共产党人是最有人情味的。再比如,我们提倡严肃高雅的艺术,因为严肃高雅艺术很长时间重视不够,低调的作品太多。我们提倡严肃高雅的艺术但不排斥通俗艺术,不排斥流行歌曲。我们的责任只能是引导,还是要百花齐放。过去许多老年人强烈反对迪斯科,现在青年人不大跳迪斯科了,不少老年人喜欢上了,发现这可以锻炼身体,焕发朝气。看来,有些问题也有个认识过程。宣传上不要片面、狭窄,只要健康、向上的,大多数群众喜爱的东西,就要允许。一方面提倡高雅严肃的艺术,另一方面适应群众多层次、多方面的需要。

此系作者《谈正确引导舆论》
一文的摘要

谈播音

现在电台或电视台的业务发展都非常快,但目前有忽视播音的情况,它直接影响广播电视节目的质量,已经在观众或听众中引起了意见,有的意见还是相当尖锐的。因此在新形势下,各级广播电视厅(局)领导,各级电台、电视台台长要充分认识播音工作在广播电视工作中的重要地位。提高广播电视节目的质量,多出精品是广播电视工作永恒的主题。怎样提高广播电视节目质量,怎样多出精品,这当然由很多因素所决定,但是播音在当中占有很重要的分量。广播电视特别是广播在过去几十年历史当中形成了非常优秀的传统,给人们留下了深刻的印象,对电台来说,声音形象很重要。齐越、夏青、林田、潘捷、葛兰、林如、铁成、方明等老播音员,听到他们的声音,就知道是中央人民广播电台。提起中央人民广播电台,就想起了这些播音员。他们代表了中央台的声音形象。各个省台也都有代表自己声音形象的播音员。因此，要提高广播电视的质量，要多出精品，必须使播音工作上一个新台阶，我建议1996年召开全国第三次播音（主持）工作会议。会前需要做一些调查，研究一下播音工作的现状，新时期存在的问题。

现在有些问题很严重。过去播音员纯粹是播音，很单纯。后来，广播改革搞大板块节目、直播热线节目，都遇到了很多的问题，就像刚才广东的同志讲的"又是一阵风"，但它已经刮起来了，我们不能不引起重视。我觉得关于播音工作中反映出来的问题，绝不仅仅限于播音工作本身，它反映出我们这个民族在改革开放中的不同心态，提出了许多需要注意的问题。我们五十年代开始为祖国语言的纯洁而斗争，推广普通话，推行简化汉字，成绩是很大的。但是，如今语言的污染程度、混乱程度，要比五十年代严重得多。语言上出现的倾向性问题，是长期殖民地半殖民地残留的心态在语言上的反映，也是我们改革开放中遇到的一些问题的反映，有的人不是以自己祖国标准的民族共同语言为荣，而是以带一点洋味、外来味为荣。大家可以到大街上看一看这种心态在文字上的反映，完全是中国的商店，对中国老百姓开放的，但店名写的却是些老百姓不认识的外文，有些影视剧名虽用中文写的，也是奇里古怪的。实际上包括香港、台湾的人，他们也认识到与内地做生意学习普通话的重要性。他学得不好，把"不好意思"说成"不好意希"，他说的不标准，但努力学，可是我们能说标准普通话的人为什么要学那些不标准的语音呢？这反映了一种心态。

　　历史上从秦始皇开始就书同文、车同轨。语言文字关系到民族国家的统一。老百姓不是通过学校来学习普通话的，他们是通过广播电视,通过大众传媒来学习普通话的。所以广播电视的播音员、节目主持人在推广普通话中肩负着非常重要的责任。这个工作我们重视了,但重视得不够。现在我们推广普通话的力度不仅不如台湾地区,还不如新加坡。我认为普通话的推广力度要加大。就是少数民族,就是方言地区,他们的孩子也要去外面工作,去全国各地工作,要走向世界,如果连普通话都不会说,他怎么能到社会上去,到广阔天地中去施展自己的才能呢！目前,我国社会主义市场经济的发展,使许多国外的人学习汉语的热情越来越高。就连我们的香港、台湾地区这几年标准的华语节目都要加强,可恰恰在我们境内,我们自己对普通话推广的力度不够,甚至比改革开放之前还有削弱的趋势,这是很不应该的。

　　还有一个问题需要研究：怎样使我们的播音、主持适应节目的变化,亲切、自然和标准、规范到底是什么关系？我认为：不管是什么形式的节目,标准、规范、准确是基础。没有标准、规范、准确,任何亲切、自然恐怕都不会走到正确的道路上去。没有规矩不成方圆。播音是播音员和节目主持人的基本要求,如果播音连普通话都不过关,就不能成为优秀的播音员、节目主持人。我们讲播音,是一个大的概念,这里可以细分为新闻播音、专题播音、节目主持等等。要在准确、规范的基础上,使我们的语言更亲切、更自然,加强与听众的沟通,但这丝毫不意味着可以忽视语言的规范化。还是要根据栏目、节目的要求选择表达方式。有的就需要非常庄重、非常标准,像政令、文告。通讯就可以亲切自然一些。总之,任何节目都必须是标准的普通话,语法是规范的,读音是准确的。现在有些青年人去台里实习很困惑,"还提不提标准哪,规范哪,字正腔圆哪,人们都嘲笑说这是保守。"我说不对。这是基本功,如果没有这个基本功,他不可能成为优秀的播音员,也不可能成为优秀的节目主持人,甚至不可能成为非常合格的采访人员。所以我觉得很好地认识,很好地总结,研究新时期播音工作遇到的新问题,把应该保留的好传统毫不动摇地保留下来,继承发扬光大。同时,要根据新的形势,加强改革,使我们的播音工作更加适合各种栏目,各种节目,更加贴近群众,贴近生活。

在新时期播音员的培训、考核、管理工作遇到了许多问题。过去我们的播音员基本集中在播音部、组,比较单纯。现在栏目、节目发展了,播音员、节目主持人分散在各个栏目、节目当中去了。播音员和节目主持人的来源也是五花八门,有的是正规学校分配的,有的是从本系统内一级级选拔出来的,有的是社会上招聘的,甚至有的是兼职的、业余的。一方面队伍发展壮大了,另一方面水平确确实实很参差不齐,而且也不时地出现一些问题,一些老播音员对此非常忧虑。这种状况主要不应该怪播音员、节目主持人本身,主要责任在管理工作,首先广电部要研究这个问题,我认为,播音员和节目主持人首先要把好选拔关,选拔要有标准,没有标准任何事情都做不好。有的地方用选美来选主持人,这怎么行呢!选拔播音员、节目主持人第一条仍然是思想品德方面的要求,需要有为广播电视献身的精神,为人民服务的精神,而不是因为广播电视的播音员可以出人头地,到电视台播音收入可以高一点。所以思想、道德、品质很重要,事业心、敬业精神非常重要,要热爱这个事业,我们许多播音员,老播音员,过去有什么待遇啊!但他们长期坚守在一线,那种敬业精神是很感人的。我们要关心播音员、节目主持人的生活,使他们的工作条件、生活条件不断地得到改善。但社会上比播音赚钱的行业多得很,而且目前也不可能做到分配上的绝对公平,所以首先应是思想品德、敬业精神的要求。第二位的是选拔播音员、节目主持人必须要把普通话作为基本要求。要说标准的普通话,就是要字正腔圆,如果语言不过关,就不能做节目主持人,新闻播音要求更严格。主持人不是要评奖、评职称吗,语言不过关的坚决卡住,说标准的普通话是个基本功,其他还有文化知识水平,语言表达能力,电视还要有仪表的要求,主持人还应有随机应变的能力等等。

第二个就是培养。现在节目量这么大,一天十几个小时工作量,白天去采,晚上编,很辛苦。光工作,不培养,时间久了,影响播音水平的提高。看来需要有一个相对集中的播音业务管理组织形式。如果像过去那样把播音员集中起来成立播音部(组)，行不行？像目前这样分散行不行？还有采取一种统分结合的办法，无论有没有播音部(组)，都要有统一考核标准。播音员、主持人分散在各个栏目中也可以统一培养。

第三个是考核问题。播音员、节目主持人选拔进来以后，不能光看他的形象，他的知名度，要有一个思想业务水平的考查，要有日常工作的管理。一些播音员、节目主持人有了些知名度以后就去走穴、去主持与广播电视宣传无关的晚会，甚至去给老板主持开业典礼、当礼仪小姐，这些都是不行的。我认为电台、电视台的播音员、节目主持人要防止歌星化趋势。他们不是歌星。播音员、节目主持人是台里的门面，是一个台的代表。不管是电台还是电视台，它是党和人民的喉舌，比歌星有更严格的要求，更高的标准，更应该管理。

在中国广播电视学会下面有两个研究会，一个是播音研究会，一个是主持人研究会。这两个学会应该成为最亲密的伙伴。因为它们的业务联系太密切了，共同的东西太多了，首先有播音学研究会(一九八七年成立)，主持人这种形式也是在播音的基础上发展起来的，我觉得这两个学会应该很好地在一起研究问题，不要搞无谓的争论。现在有一个毛病，贬低播音，这个倾向不好，重视主持人的播音水平是当前需要大力解决的问题，不论你长得多漂亮、多潇洒，可出口不是错字就是别字，语法不规范，读音不准确，这不行啊！因此，我讲这个语言关,播音关,要作为基本功,两个学会要密切配合,这样既有利于提高播音员、节目主持人的水平,解决当前他们突出的问题,也有利于适应社会形势的发展,增强他们的语言表现力。召开第三次全国播音(主持)工作会议要把两会合到一起开,共同重点研究语言问题,为提高全国播音员、节目主持人队伍水平而共同奋斗!

各级电台、电视台的领导要关心播音员、节目主持人。这关心,首先是思想上重视才能关心。因为播音员、节目主持人是电台、电视台的门面,是提高节目质量、多出精品的重要方面。我们应该关心这支队伍,爱护这支队伍。关心这支队伍就是要在思想上严格要求,不能说出了名,谁都管不着,思想上要严格要求。在工作上要严格管理,同时生活上要无微不至地关心他们,播音员坐在那儿好像只用嗓子,实际上是很辛苦的,他(她)必须要有充分的休息,必须要有更多的学习、充实自己的时间。有的节目主持人颠来倒去就是那么几句话还行啊!你要主持30分钟的节目,就要准备几倍于此相关的知识含量才能运用自如。播音员看样子好像是有稿子在播音,但播得好不好与知识的修养、对稿子的理解,都是很有关系的。要让他们有充分的休息,必要的补充知识、营养的时间。要关心他们,比如住房问题。播音员不论在电台还是电视台,如果晚上休息不好,他(她)就很难第二天做到精神饱满精力集中地出现在广播、电视中,这就会直接影响节目质量和宣传效果,影响电台、电视台的形象。关键是各级领导要真正重视,真正把播音看成台里的门面。

说要关心,还有平时的思想关心,谈谈心啊。我曾讲过,社会主义市场经济下许多情况都可能出现。人家老板说,你到我这来,做公关小姐,一个月给十倍的工资!这都是诱惑,社会上这种诱惑很多。播音员、节目主持人能不能顶住这些诱惑呢?大家要经常关心他们,领导很关心了,即使我们目前待遇比较差,他们也能理解的。播音员、节目主持人的追求是多方面的,他们追求一个比较和谐的环境,追求能实现自身价值的岗位,追求自己的工作给人民群众带来的效应。应该看到大多数同志是有人生追求的,只要我们的工作做好了,播音员、节目主持人这支队伍一定能发展壮大。我相信做广播、电视播音工作前途是美好的!

此系作者1995年11月10日在中国广播学会播音学研究委员会上讲话的部分内容

永远的鲁迅

今天是鲁迅先生逝世七十周年纪念日,也是北京鲁迅博物馆建馆五十周年华诞。此时此刻,我们在先生曾经居住过的地方纪念这位中国二十世纪的文化伟人,缅怀和崇敬之情不禁油然而生。

对于历史人物的纪念,自然会想到他所处的那个历史时代。鲁迅生活的时代,中华民族正遭受深重的灾难,国家面临被瓜分的威胁,人民深受奴役和欺侮。在半殖民地半封建的旧中国,鲁迅那刚直不阿的性格、勇往直前的气概和毫不妥协的战斗精神,无疑是黑暗中的希望之光。鲁迅的作品直面社会、直面人生,"对于有害的事物,立即给以反响和抗争","论时事不留面子,砭锢弊常取类型",作品风格凝练犀利,具有战斗力。他反对固守旧文化,因为这种文化中的不合理成分禁锢了中国人的精神,严重阻碍了中国的发展。但鲁迅从来就不是一个民族虚无主义者,他满怀激情地赞颂中华民族历史上那些埋头苦干的人、为民请命的人、舍生求法的人，称他们是中华民族的脊梁。对于中国文化中的优秀部分，他主张学习和运用，发扬和光大。他提倡"拿来主义"，注重翻译域外被压迫民族中具有反抗精神的文艺作品和有意味的艺术著作，把新的思想和艺术，介绍给国人。鲁迅认为，造就新的思想和新的国民，则必须像普罗米修斯那样，从天边盗来火种。他一生坚持的，就是这种普罗米修斯的精神。正因为这样，他能博采古今中外之长，融会贯通，创造出富有新意的作品。鲁迅的作品和思想，已成为国人的精神财富。著名教育家蔡元培在一九三八年出版的《鲁迅全集》序中赞扬道："感想之丰富，观察之深刻，意境之隽永，字句之正确，他人所苦思力索而不易得当的，他就很自然地写出来，这是何等的天才！又是何等学力！"

鲁迅是中国的，也是世界的。如今，鲁迅作品已被翻译成七十多种文字，在五十多个国家流传。鲁迅著作成为中国现代经典文化而载入史册，也充实了世界的文化宝库。

现在，许多地方仍在以不同的形式纪念鲁迅，无论是东亚诸国还是欧美知识界，都在研究鲁迅遗产的现实意义。什么是鲁迅精神？他的生命的根本点是什么？不同背景的人有着不同的理解。关于其思想的深刻性和艺术的精湛性，前人已做了深切的解释和研究。但这个研究不会有中断的时候。鲁迅的时代已渐离我们而远去，但鲁迅的精神永存。在中华民族前行途中，有一个永远的鲁迅相陪伴，这是何等的幸运！

鲁迅给我们的引力是长远的。他的没有丝毫奴颜和媚骨的品格,他的在没有路的地方走出路来的勇气,他的自我批判的意识,他的开放的文化视野和情怀,他的超越旧俗的高远志向,都是不尽的精神源泉。鲁迅把自己的生命和智慧献给了祖国和人民,鲁迅精神在唤起中国人民的觉醒和团结奋斗,增强中华民族的凝聚力,提高民族的自信心方面发挥了巨大的作用,并产生了深远的影响。鲁迅对国家和民族的贡献是不朽的,他无愧为"民族魂"的称号。毛泽东和鲁迅可谓心心相印,他高度评价鲁迅不但是伟大的文学家,而且是伟大的思想家和伟大的革命家,是在文化战线上,代表全民族的大多数,向着敌人冲锋陷阵的最正确、最勇敢、最坚决、最忠实、最热忱的空前的民族英雄,他说:"鲁迅的方向,是中华民族新文化的方向。"鲁迅精神是中华民族优秀文化传统中的特别光彩照人的部分,它作为民族之魂融化到我们民族的血液之中,在我们为中华民族伟大复兴的过程中我们仍真切地感受到它的存在。

多年来,党和国家一直重视鲁迅研究事业。现在有关他的著作的出版呈现出繁荣的局面。以鲁迅博物馆和各大中院校、科研单位为研究中心的学术队伍,在不断扩大。认真研究鲁迅,宣传鲁迅,普及鲁迅的思想,对于社会主义精神文明建设有重要的意义。五十年来,鲁迅博物馆在搜集整理鲁迅史料,研究、宣传鲁迅精神等方面做了大量的工作。我向五十年来坚持从事鲁迅研究的学者和博物馆工作人员,表示深深的敬意!

今天,我们在党中央的领导下,全面贯彻和落实科学发展观,努力构建社会主义和谐社会。民族的解放,国家的独立,人民的自由是实现社会和谐的前提。正因为如此,我们高度评价为此而艰苦求索的民族先贤,高度评价共产党领导下前赴后继的革命斗争,高度评价为追求光明而不懈斗争的鲁迅精神。和谐的实现是一个过程,和谐是矛盾中的发展,运动中的平衡,差异中的协调,多样化中的统一。和谐社会的构建,最根本的是全民族思想道德素质和科学文化素质的提高。鲁迅关于启迪民智、改造国民性的主张仍有现实的意义。由于"批判"的滥用和严重后果,现在我们很少提"批判"这个词了。其实批判是马克思主义的本质特征。以科学批判的精神清醒地认识自己,以博大的情怀面对世界,是一个民族前行的不竭动力,也是一个民族保持尊严和自信的体现。

鲁迅生前为培养具有新型人格的青年呕心沥血,"在生活的路上,将血一滴一滴地滴过去,以饲别人,虽自觉渐渐瘦弱,也以为快活"。今天,我们纪念鲁迅,仍然要坚持鲁迅的"立人"思想,为国家培养和造就有理想、有道德、有文化、有纪律的建设者和接班人。

鲁迅精神永存!

此系作者2006年10月19日在纪念鲁迅逝世70周年大会上的讲话

敦煌的文化魅力

一

丝绸之路是古代东西文化交流的大动脉,敦煌是丝绸之路上一颗璀璨的明珠,是中国也是世界文化的一个奇迹,是人类文化交流、融会的智慧结晶。敦煌石窟艺术,是在继承汉晋艺术传统的基础上,广泛吸收融合外来艺术的营养,从而形成了自己兼收并蓄的恢宏气度,精美绝伦的艺术形式和博大精深的文化内涵。敦煌文物所独具的上下贯通中华千年文化、东西融汇欧亚四大文明的特点,不仅映射出中国古代文明的光辉灿烂和博大精深,而且也使她成为体现人类优秀文化永恒魅力和影响的典型代表。每一位中华儿女,都为中国拥有敦煌而自豪。

一百年前,中国在晚清政府腐败黑暗的统治下滑向半殖民地、半封建社会的深渊。在这样的背景下,敦煌藏经洞被发现后,首先引来的是西方文化列强对它的疯狂盗劫和掠夺,铸成了中国近代学术研究的一段伤心史,一场刻骨铭心的民族文化灾难。新中国成立以后,敦煌的文物得到了党和政府的高度重视和妥善保护,在文物安全、壁画和塑像修复、环境监测、治沙固沙、石窟科学管理和对外开放方面取得了突出成绩,成为我国文物有效保护、合理利用和精心管理的典范。经过五十年的不懈努力,饱经沧桑的敦煌重放异彩,中国的敦煌学研究逐步步入空前繁荣的阶段,成为中国在国际人文社会科学学术研究领域的一颗明珠。中国已被公认为国际敦煌学研究的中心。敦煌的历史再次雄辩地证明,民族文化的命运与国家的命运休戚相关。敦煌的兴盛也是几代学者和文物工作者无私奉献、艰苦奋斗的硕果。每想至此,我们对辛勤工作在敦煌文物保护第一线的文物工作者和在敦煌学研究领域辛勤耕耘的学者专家们,便怀有深深的敬意。

二

建设并不断发展和繁荣社会主义文化,其目的是满足人民群众的精神文化需要,提高全民族的思想道德素质和科学文化素质。文物是体现中华民族五千年文明史和博大精深、丰富多彩的中华文化的重要载体,切实保护好文化遗产,充分发挥它在对人民群众特别是青少年进行历史唯物主义、爱国主义、社会主义和革命传统教育方面的重要作用,是文化工作者义不容辞的责任。

要全面坚持"保护为主,抢救第一,合理利用,加强管理"的文物工作方针,推动文物工作的新发展。文物工作的方针原则,是我们党在总结建国以来,特别是改革开放以来文物工作经验教训的基础上,从我国仍处在社会主义初级阶段的现实出发,深刻分析文物工作固有特点和自身规律及面临的形势与任务后提出的,具有很强的针对性和指导性,完全符合我国的基本国情和文物工作的实际。在整个社会主义初级阶段,我们都要坚定不移地在文物工作中贯彻执行。我们要根据这个方针和《国务院关于加强和改善文物工作的通知》的精神,深化改革,加强管理,努力建立适应社会主义市场经济体制要求、遵循文物工作自身规律、国家保护为主并动员全社会参与的文物保护新体制。特别是要真正做到把文物保护纳入当地经济和社会发展计划,纳入城乡建设规划,纳入财政预算,纳入体制改革,纳入各级领导责任制。

要努力提高科学管理水平和工作水平。文物保护工作专业性强,社会性强,责任重大,提高科学管理水平和工作水平,是每一个文物、博物馆单位的当务之急。以敦煌为例,半个多世纪以来,敦煌文物保护工作从原始到科学,从少数爱国学者的自发举动到国家有计划的抢救和国际社会广泛参与,走过了一段不平凡的历程,取得了令人瞩目的成绩。其中的关键,就是他们不断提高科学管理水平和工作水平,遵循文物工作的自身规律,正确处理保护和利用的关系;他们注重科学规划,实行科学保护,既注意运用传统工艺和手段,又重视先进科学技术;他们积极开展对外交流,通过与国际学术界的合作与交流,培养了一批中青年学者,取得了一大批科研成果,使敦煌石窟的整体保护水平始终处于国内领先地位;他们重视队伍的思想政治工作和品德教育,使几代敦煌人形成并保持了严谨求实、团结拼搏、扎实工作和无私奉献的精神。

要增强服务意识,改进服务方法,努力发挥博物馆工作的社会效益。世界各国都非常重视博物馆,重视通过博物馆展示自己国家、民族或地方的文化传统和文化特色。博物馆是一个国家、一个地区文明的重要窗口。要努力把它建设成为传播社会主义精神文明、传播科学知识的阵地。在文物、博物馆展览中,要特别注意宣传、弘扬传统文化中那些积极、有益、精华的成分,坚决去除封建主义、资本主义腐朽文化垃圾,摒除那些非科学的、假恶丑的东西。要认真总结和推广先进博物馆的经验,特别要注意总结适应新形势变化,充分发挥博物馆爱国主义教育功能的先进典型的经验,使全国几千个博物馆的服务观念、服务方式、服务水平有一个大的提高。敦煌莫高窟原是佛教的天地,敦煌研究院的同志们致力于引导人们从对思想文化与精神世界的关怀的角度,来看待和理解敦煌的文物之美和艺术之精;引导人们从对敦煌文物和艺术的赞叹之中,感受我们先人非凡的想象力和创造力,从而增强我们的民族自豪感和自信心;同时又从对藏经洞文物被盗劫的伤心史的介绍去激励人们勿忘国耻,使莫高窟成为一处优秀爱国主义教育基地,这是值得大家学习的。

要加强《文物保护法》的宣传和文物保护基础知识教育。"保护文物,人人有责",如何让人人都明白自己的责任呢？主要是靠宣传、靠教育。是否具有保护文物的意识,是衡量一个人的文化素质、文明程度和公民责任心、法律观念高低的标尺;形成文物保护的自觉意识,是宣传教育的结果。现在恰好是这方面比较薄弱。因此,要把爱护文物、保护文物的意识与中小学生的日常教育紧密结合起来,使之具体化、制度化;要在加强文物法制教育的同时,重视文物知识的教育。我希望文物考古界的专家学者们,都来做一些宣传、普及文物考古知识的基础性工作。这是文博工作者服务于社会、服务于大众的一种义务,也是我们动员全社会参与文物保护的一个重要方式。江泽民同志在致全国科普工作会议的信中指出:"要把科普工作作为实施'科教兴国'战略的重要任务和社会主义精神文明建设的重要内容,切实加强起来。"如果文物考古基础知识的普及工作做好了,文物工作的社会环境就逐步好转,文物保护也就会真正成为人民大众的事业。敦煌研究院的同志们已经编著了二十多种普及敦煌学知识、宣传敦煌文化的通俗读本,希望文物界其他方面的专家、学者,也能效仿他们,写出一批有思想、有内容、有趣味、有文采的文物知识普及读物来。

三

实施西部大开发战略,对于促进西部地区经济的持续发展、环境的有效保护和社会的全面进步具有十分重要的意义。同时也为西部地区的文化事业发展带来了历史机遇。

西部地区是中华文明的重要发祥地,具有丰厚的中国传统文化历史底蕴和鲜明的民族特点,拥有众多文物瑰宝。连接欧亚、沟通中西文化交流和贸易的重要通道——古丝绸之路曾经横贯这里。敦煌莫高窟、秦始皇兵马俑、楼兰古国、布达拉宫、三星堆、大足石刻等历史文化遗存,已成为中华文化的重要象征;这里也是中国革命的重要发源地,遵义、延安、红岩村孕育了深厚的中国革命文化传统;这里还是我国少数民族及其文化的集萃地,特点鲜明、丰富多彩的多民族文化艺术,成为中华民族文化的有机组成部分。我们应该高度重视西部大开发中的文化建设问题,在大开发的进程中高度重视文化遗产的抢救、保护和合理利用,高度重视文化的创新,努力在西部大开发的伟大实践中,建设有中国特色社会主义的"西部新文化",这是文化战线学习贯彻"三个代表"思想的具体体现和重要任务。

坚持以经济建设为中心,两个文明一起抓的方针,从实际出发,推进西部地区文化建设。在实施西部大开发战略的过程中,要认真研究、总结和借鉴东部发展过程中文化发展的经验和教训,切实避免曾经发生过的"一手硬、一手软"的错误,及时制定适应西部开发总战略的西部文化发展战略和规划。西部开发要把文化建设作为整体目标的重要组成部分,文化建设要为西部开发提供思想保证、精神动力和智力支持,真正做到西部地区经济、政治、文化的相互促进和协调发展。

对西部地区的文化要采取保护性的开发战略。西部地区具有得天独厚的历史文化资源优势和民族文化资源优势。开发西部要充分重视这些资源,加强对这些资源的涵养、抢救、保护和合理利用,建立良好的民族民间文化生态环境。要发挥西部地区历史文物、文化遗址尤其是革命文物对人民群众的爱国主义教育作用,发展以文物资源和其他人文、自然资源为基础的旅游产业,努力把西部的文化资源优势变成文化发展的优势和经济发展的重要增长点。在西部开发中要特别注意保护好文化资源和文化生态环境,防止盲目的、破坏性的开发。西部有大量的文化遗存,包括有形文化遗产如文物古迹,无形文化遗产如民族民间艺术等,切实保护好这些文化遗存在西部开发中是一项非常重要而紧迫的任务。在保护和利用文化遗存上,一要进行统一规划,特别是一些基本建设项目的规划,既要有利于经济的发展,也要有利于文化遗产的保护;二要依法管理,目前一些地方破坏、盗窃、走私文物现象严重,西部开发伊始,就要高度重视这一问题,要依法从严惩处,坚决把这股歪风压下去;三要建立合理的利益分配机制,积极利用文化遗存资源来发展旅游、经济,同时从这些收益中拿出相当的比例用于文物保护。要着眼长远,合理利用,防止急功近利、过度开发,更不能片面追求经济效益,竭泽而渔。

立足当代,面向未来,勇于创新,努力形成既有地域特色、民族特色,又具有时代特色的"西部新文化"。任何一种优秀的文化,只有紧跟时代的步伐前进,才能永葆其勃勃的生机,并给现实生活以永不枯竭的推动力。我们要大力弘扬西部文化包括少数民族文化艺术的优秀传统,同时坚持立足于社会主义现代化建设的实际,勇于创新。努力形成有利于西部开发的文化观念和文化氛围。努力创作一批反映西部开发实践,塑造西部地区新人形象的文化艺术优秀作品。要积极通过对外文化交流宣传和展示我国西部文化的风采,让世界了解西部,让西部了解世界,促进西部的现代化进程,促进国家的统一和民族的大团结。

加强西部基础文化设施建设,丰富人民群众的文化生活。由于诸多历史原因,西部地区文化事业发展相对滞后,文化基础设施较为薄弱。在实施西部开发过程中,要进一步完善和落实国家有关发展西部地区文化事业的各项经济政策,切实加大对西部文化事业的投入。要真正把文化发展纳入西部开发建设的整体规划中,有计划、有步骤地促进西部文化的发展。因地制宜地切实解决好博物馆、图书馆、文化

馆、文化站等公益性文化设施的建设问题,尽快实现"六五"计划提出的"县县有图书馆、文化馆,乡乡有文化站"的目标。还要根据西部的实际和发展的需要,有计划地建设一批与西部大发展相适应的标志性文化设施,大力开展丰富多彩的文化活动,满足各族人民群众日益增长的文化生活需求。

一个经济繁荣、山川秀美、文化昌明的中国大西部的美好前景,我们富强、民主、文明的社会主义现代化祖国的美好前景,展现在我们面前,让我们坚持不懈地为之奋斗!

此系作者在敦煌藏经洞发现暨敦煌学百年纪念座谈会上的发言

关于非物质文化遗产

十一月七日,中国古琴艺术被联合国教科文组织公布为第二批世界"人类口头和非物质遗产代表作",这是继二〇〇一年"昆曲艺术"被列入"人类口头和非物质遗产代表作"名单之后,中国在保护文化遗产方面所取得的又一项重大成果。

中国古琴艺术被列入"人类口头和非物质遗产代表作"名单,可以看作是中国开展"人类口头和非物质遗产"抢救、保护和传承工作的又一里程碑。中国古琴有着三千年的悠久历史,它从形制到曲目,从特殊的记谱方式到丰富的演奏技巧,都体现了中国音乐艺术的至高境界,代表着中国文人怡情养性、寄情抒怀的生活方式,表现出完善自我人格修养的理想追求,蕴含着关爱自然、天人合一以及追求君子之道的人文精神。它所形成的独特文化记忆,对中国文化史、艺术史乃至中国人的精神、气度、品格、行为产生了持久而广泛的影响,它是中国文化的杰出代表。联合国教科文组织将其列入"人类口头和非物质遗产代表作"名单,既是对古琴艺术本身的肯定,也是对中国文化独特价值和理想的肯定。

站在现代文明发达的新世纪,回首数千年的人类文化史,我们可以清晰地看到,人类所创造的丰富文化遗产,是由物质的、有形的和口头的、非物质的等各种不同存在形态所构成的有机整体。它们都是人类创造力、想象力、智慧与劳动的结晶,在文化价值上,它们应居于同等的地位。从文化记忆、精神传承的角度看,人类口头和非物质文化遗产包含了更为古老的文化观念和更为深远的精神根源,沉积着民族特有思维方式、心理活动的最深层结构,保留着民族文化的最原初状态。对它的发现与认识,人类将会在"我们从哪里来","我们是谁"这类伟大命题上找到自己的答案,并将据此探索出"我们向哪里去"的道路。在某种意义上说,保护人类口头和非物质文化遗产也就是保护人类赖以存在和发展的精神依据及文化资源。

中国拥有极为丰厚的非物质文化遗产。数千年来,各民族人民所创造的神话、谚语、音乐、舞蹈、戏曲、民俗、游艺、工艺、民族体育等非物质文化遗产,与有形的物质文化遗产共同书写出东方文明的壮丽史诗。在中华文明的演进史中,我们可以看到这样一个规律:每当有形的物质文化受到损毁时,口头和非物质文化就会发挥它的巨大的历史功能,维系、保护和传承着中华文明的精神血脉。中华文明之所以成为人类远古文明唯一延续至今的伟大文明,是和口头非物质文化具有绵延不断的强大生命力直接相关的。由此,我们可以肯定地说,口头和非物质文化遗产是中华民族信念的活史,是中华民族独立于世界之林的精神基石。抢救、保护口头和非物质文化遗产,既是我们这一代人的责任,更是我们这一代人的使命。

源于这种使命感,我们清醒地认识到中国口头与非物质文化遗产所面临的严峻的生存现状。这些年来,随着全球化趋势的日益增强,西方发达国家凭借着强大的综合国力、先进的传播手段和文化平台,在文化上实行"单边主义"政策,强行推广西方的价值观念,导致了世界文化的趋同现象,对中国的口头和非物质文化生态造成了巨大的冲击,使中国民族民间文化的多样性、丰富性受到了严重威胁;同时,现代科技的飞速发展,信息化时代的来临,也使口头和非物质文化遗产的生存环境遭到了极大的改变,加快了非物质文化遗产消失的速度,许多非物质文化遗产的种类已处于濒危或消亡的状态。更令人忧虑的是,大量散落于民间的具有民族特色的艺术品正通过各种走私渠道流落于海外,有的地方甚至出现了"铲地皮"的现象。凡此种种,都加强了我们对口头和非物质文化遗产抢救、保护的紧迫感。

中国所面临的问题也是世界性的课题。在现代化的进程中,许多国家已认识到保护口头和非物质文化遗产,尊重、弘扬文化传统的重要性。有的国家成立了专门的研究机构和基金会,建立了文化生态保护区,开展了各种类型的专项保护工程;有的国家还专门制定了口头与非物质文化遗产保护法。联合国教科文组织在《保护世界文化和自然遗产公约》的基础上,于一九九七年创立了人类口头及非物质遗产代表作公告的制度,在世界范围内强化了公众对无形文化遗产的保护意识,创建了保护无形文化遗产的良好的社会及政治基础。

中国政府一贯重视民族民间口头和非物质文化遗产的保护。早在上个世纪五十年代,经典民族乐曲《二泉映月》等一大批濒临消亡的无形文化瑰宝便得以保存下来;八十年代,经过广泛田野调查而编纂的一系列口头和非物质遗产的集成志书,有力地展示出中国在抢救和保护方面的成果。近些年特别是近两三年来,口头和非物质文化遗产的保护工作取得了突破性的发展,二〇〇二年起文化部正式启动了"中国民族民间文化保护工程",开展了立法、建立保护机构和保护地等工作,这一切均标志着中国对无形文化遗产的抢救、保护和传承工作进入一个新的历史时期。

值此庆祝大会之际,我想就非物质文化遗产的保护工作与国家文化战略的关系谈谈自己的看法。

我们知道,文化创新是一个民族文化与时俱进、创造人类精神财富的核心与灵魂。但文化创新不是无源之水、无本之木,它必须建立在包括非物质文化遗产在内的文化传统之上。我早就说过,在当代文化建设中,我们要产生具有世界影响力的作品、文化名人、文化机构和文化品牌，靠的就是文化创新。文化创新又靠什么？靠的是文化的传承。在这方面，世界性的范例比比皆是。二十世纪六七十年代拉丁美洲文学大爆炸就得源于这块土地上积久弥醇的神话、传说与民间故事，日本现代文学的鼎盛则受惠于《源氏物语》。因此，保护非物质文化遗产，对中国当代文化创新具有深远的现实意义。

随着全球化进程的加快，中国当代文化越来越多地受到发达国家文化的影响，这是一个发展中国家走向现代化历程中的必然现象。但我们应该认识到，在吸纳世界优秀文化成果的同时，必须从精神性、价值观、存在形态等各个方面保持本土文化的独特性，并以此来维系人类文明的多样性。保护口头和非物质文化遗产，是保持本土文化独特性的重要方式，非物质文化遗产所蕴含的中华民族所特有的精神价值、思维习惯、想象力和文化意识将是我们维护国际文化身份的最终依据。

中国口头和非物质文化历经数千年而不衰亡，生生不息地走到现代社会，构成了世界上独一无二的文化景观。它印证了这样一个事实：中国民族民间文化是一种可持续发展的文化。在一个以可持续发展为主题的现代社会中，中国非物质文化遗产中所积淀的可持续发展思想、方式、行为值得我们去发掘、传承和弘扬，它不仅对中国当代文化的可持续发展起到启示性作用，而且对中国社会、经济和自然生态的可持续发展具有启示性价值。

当今的中国,正以高速发展的经济和科技走向现代化。然而,建设一个富强、民主、文明的现代化国家,不仅仅要有经济、科技的指标,还要有国民人文素质的指标。不能想象高速增长的经济和低水平的国民素质能构成一个真正的现代化国家。在国民人文素质的培养中,口头和非物质文化遗产将起到不可替代的作用。在这一点上,有许多国家已走到我们前面,这些国家不仅为国民提供各种体会、领悟非物质文化遗产的方式,以此来满足国民的精神需求,而且还将一些非物质文化遗产的内容编入小学、中学乃至大学教材,以体制化的方式保证本土非物质文化的传承。这些经验,值得我们借鉴。这方面的工作,将是中国当代文化战略的重要组成部分。

党的十六大报告指出,在当代中国,发展先进文化,就是发展面向现代化、面向世界、面向未来的、民族的、科学的、大众的社会主义文化,以此不断丰富人们的精神世界,增强人们的精神力量。抢救和保护中国的口头和非物质遗产,是弘扬民族优秀文化,促进社会主义精神文明建设的重要措施,是实践"三个代表"重要思想的具体举措。保护口头和非物质文化遗产的工作任重而道远,今后,在继续做好向联合国申报"人类口头和非物质遗产代表作"工作的同时,我们还要建立中国的"代表作"认证体系,开展田野调查和理论研究,加快立法进程。我们还要进一步加强国际间的联系与合作,充分借鉴世界各国的成功经验,为建立起同物质文化遗产保护一样完善的国内保护机制和国际合作体系而做出努力。

我们坚信,中国古琴艺术被列为"人类口头和非物质遗产代表作"名录,必将在促进中国民族民间文化抢救、保护和研究工作的同时,有力地推动中国当代文化的建设。拥有丰富文化资源的中华民族,一定会在新的世纪中实现中华民族文化的全面复兴。

最后,我要感谢联合国教科文组织国际评审委员会,感谢负责古琴艺术申报的中国艺术研究院,感谢为古琴艺术抢救、保护和传承工作做出贡献的人们!

此系作者2003年11月13日在人类口头和非物质遗产保护工作座谈会上讲话的内容摘要

也说艺术创新

当前,科技界大声疾呼创新意识,艺术界也同样需要倡导创新精神。科学的本质是创新,艺术的本质也是创新。艺术创新有赖于两个因素,技术进步的因素和艺术家想象力的因素。技术进步对艺术发展的巨大推动作用是显而易见的,许多艺术形式是基于技术的进步而诞生的,比如摄影、电影、电脑美术等等。同时,新的技术发明和技术手段在一些传统艺术上的运用,大大增强了艺术的表现力。我们的艺术家和文化工作者要关注科技的发展,要重视先进的技术与艺术的结合,努力提高各类文化产品的技术含量。

艺术想象力对艺术创新而言是更加本质的力量,技术的因素虽然不可忽视,但要和艺术的想象结合才能发挥推进艺术创新的作用。没有丰富瑰丽的想象,就难有震撼人心的艺术力量。艺术史上流传下来的脍炙人口、百看不厌的佳作,几乎都是那些"入乎其内、出乎其外",有着超乎寻常的艺想象的作品。《梁祝》的化蝶，《窦娥冤》的六月飞雪，其想象力和艺术感染力至今令人惊叹。那么，艺术想象力从何而来呢？我认为，不能低估艺术家个人所具备的诗性素质的重要性，但最根本的还是要看艺术家有无对生活独特的感受体验以及有无独特的艺术构思和表现力。艺术家首先要被生活的真情所打动，他的作品才可能打动人。所以，任何时候，艺术家都不能忽视生活，不能与社会生活相隔膜。深入生活，把握时代的脉搏，是艺术家获得灵感、打开艺术想象翅膀的不二法门，是艺术创新的根本途径。

谈到艺术创新，不能不谈到传统的继承。任何时代的文艺都有一个继承与创新的问题。应该在创新的要求下继承，在继承的基础上创新。但是，具体到一种艺术形式，一个艺术作品，如何创新，只能根据艺术的自身要求和作家的独特体验和专长自行决定。不同看法，自古而然，笔墨官司，有比无好。这些艺术上的不同见解的争鸣，应通过艺术民主的方式去进行，不必做行政上的决断。我们要反对的是对待传统全盘复古和全盘否定的极端主义的做法。创新是各艺术门类面临的课题，而传统戏曲的创新更加迫切。时代在前进，人们的欣赏习惯和趣味也在变化，墨守成规，故步自封，传统艺术就会失去观众，其生存的空间也会越来越有限。但戏曲的创新也要遵循艺术规律，要保持其特色和独有的魅力。如戏曲特别是地方戏曲的音乐，在创新中如何保持特有的旋律，十分重要。总之，越是创新，越要提倡民族特色、时代特色、剧种特色和个性特色。

　　艺术创新需要艺术家充分解放思想,大胆张开想象的翅膀,也需要有一个适宜的社会氛围。为艺术创新提供良好的人文环境和制度环境,是我们文化管理部门应担负的职责。在制度上,要采取支持艺术创新的必要措施。要重点扶持几个实验团队,有选择、有重点地支持一些实验性剧目。此外,要及时检验和调整实际工作中与鼓励艺术创新精神不相符合的政策、措施和习惯做法,使我们的政策措施、思想观念、工作方法与推动创新的要求相适应。

> 此系作者2000年在全国艺术创作会议上讲话《反映这个伟大的时代》的部分内容

文艺是照耀人们前进的灯火

我们所处的时代,是充满希望的朝气蓬勃的伟大变革时代。十一届三中全会以后,中国进入了改革开放的新时期,在邓小平同志建设有中国特色的社会主义理论的指导下,全国人民在党的领导下为改变中国落后面貌,展开了建设社会主义现代化强国的伟大进程。这是一场关系中国前途和命运的中华民族的复兴运动。我们已经取得了举世瞩目的成就。但是前进过程中遇到的复杂情况和问题也可谓前所未有。全国人民在党中央的领导下,正满怀信心地负重前进。文艺的时代使命,理所当然地应当鼓舞人心,成为照耀人们前进的灯火。

作家们经常爱说"人心"这个词,那么,什么是当代中国的人心所向呢?也就是说当今人民群众在想什么?盼什么?我们的人民热切盼望着并努力创造着一种新的生活,我把这些概括为"三盼":一盼过富裕的生活,二盼过安定的生活,三盼过文明的生活。这"三盼"便是"民心"。我们应当顺应"民心"。

共产党的政治就是与民心一致。党的基本路线确定的富强、民主、文明的社会主义现代化强国的目标就是顺应历史潮流,符合中国民心的选择。亿万人民群众,热切盼望着并亲手在建设着自己的新生活。在这一奋斗过程中,既有客观世界的艰难困苦,也有主观世界的迷惘困惑,既有成功胜利的喜悦,也有挫折失误的痛苦,但是从总体上来说,人民总是在不屈不挠地奋斗着,事业在发展着。

对党领导下的以亿万人民为主体的这一事业,作为人民的艺术家当然不能冷眼旁观,更不能散布消极悲观的情绪,而是应该满腔热情地为之鼓与呼。所以说,"以优秀的作品鼓舞人",这实质上是作家艺术家自觉顺应"民心"的必然结果。

应正确处理好审美创造与文化消费之间辩证发展的关系。电视剧艺术作为一种审美创造,其覆盖面之广、影响力之大、渗透性之强,都是其他姊妹艺术所难以企及的。它广泛作用于人民群众的文化心理,在社会主义精神文明建设中起着别的文艺形式难以替代的作用。唯其如此,正确处理好这种审美创造与文化消费的辩证关系,显得尤为重要。众所周知,人民群众的文化消费中,从来存在着文明与愚昧、进步与落后的差异;观众的鉴赏心理结构中,从来就有积极因素与消极因素的区别。任何审美创造无视文化消费即接受者的鉴赏需求,是不足取的贵族老爷式态度。我们主张审美创造应适应接受者的鉴赏需求;但这种适应,是积极的而非消极的,是为了提高去适应,适应的目的在于提高。这种适应,就是要"以优秀的作品鼓舞人"。如果不是这样,而是一味消极地顺应媚俗,用庸俗浅薄的作品去影响人,那么,文化消费中的消极的落后的因素就势必得到强化;被强化了的这种消极的落后的因素,又反过来势必刺激审美创造生产更加低劣庸俗的作品——审美创造与文化消费之间的"二律背反"即恶性循环由此产生。这种教训,极为深刻。这正从反面启示我们自觉地"以优秀的作品鼓舞人"。

当然,必需指出,我们指的"优秀的作品",是广义的而非狭义的。无论是当代的还是历史的,是现实的还是科幻的,各种题材,各种风格,各种艺术样式,只要能够体现出真善美的"思想和精神",只要能给人以教育和启发,给人以积极的乐观的人生态度,给人以健康向上的审美愉悦享受,都应在"优秀的作品"中占一席位置,都会受到人民群众的欢迎。

此系作者在第十四届"飞天奖"研讨会上讲话《当前电视剧创作的三个问题》的部分内容

第二辑

窗外有只布谷鸟

悠远清新

断断续续

有一只布谷鸟

轻轻地吟唱

在这初夏闹市的清晨

一丝温馨

一丝慰藉

随着清凉的晨风

沁入心脾

如干涸荒漠的流泉

穿越尘霾

穿越喧嚣

穿越浮华与冷漠
这执着的呼唤
如一阵春风细雨飘过

润湿了天空
润湿了土地
润湿了荒芜的心灵
还有那枯萎的憧憬

于是　这梦中的世界
一片葱茏

雨花台

塑像拔地而起
似一座巍峨的山峰
峰顶明灯闪烁
那是烈士们
深邃的眼睛

满天的乌云
早已散去
自由的鸽群
还有悠悠作响的哨音
在蓝天白云间
纵情翻飞

锒铛走过的荒坡

如今碧草如茵
花样的少年
正在追逐嬉闹
广场上
一片笑语欢腾

你看
那个女孩
许是玩累了
偎依在烈士的脚边
睡得正甜

慈爱
温暖着
女孩的梦境
欣慰的泪水
在烈士眼中洋溢

为何
还含有些许凝重
有一丝忧患
隐约眉间

——雨花台

我在塑像前久久站立
满山的松林传来阵阵涛声

致非洲友人

紧握你坚实的双手
端详你敦厚的笑容
我的心被友情和快乐温暖着
遥远原来这般的亲近
黑色果然是如此的美丽[1]

曾经身陷重围
你激昂的声援如在耳畔
联合国大厅里
那热泪横飞的拥抱
还有忘情的欢呼和跳跃
仿佛就在昨天[2]

谁不期望朋友遍天下

——致非洲友人

可真挚的情义
从来源自患难间
这世界依然炎凉无定
向往与寻找
跋涉在陌生的丛林
我记住了你悄悄的耳语
亲爱的兄弟　我们携手同行

注：
[1] 一位非洲政治家语："黑色,是美丽的。"
[2] 毛泽东主席语："是非洲黑人兄弟把我们抬进(联合国)去的!"

心灵的真实

常常陶醉那远去的童年
犹如梦里的繁花一片

岁月如脱缰的野马
谁能追回那逝去的光阴

其实　往事常常为幻影缭绕
记忆似乎有一种可爱的偏心

淡忘了饥肠辘辘的感觉
记住是粗茶淡饭诱人的香甜

淡忘了寒风里指尖上冰凉的麻木
记住是母亲呵护的温馨

淡忘了风雨中摇晃的茅屋
记住是屋顶上袅袅飘动的炊烟

淡忘了贫瘠龟裂的土地
记住是小河旁那片青青的草滩……

这真是一种奇妙的心灵真实
艰难困苦的回味竟是如此的醇厚甘甜

也许　相濡以沫不如相忘于江海
可如何忘却那刻骨铭心生死与共的真情

你竟让我如此倾心

卑微期待尊严
平庸期待意义
稚嫩期待坚强
怯懦期待勇气
啊　我对你的期待
犹如大旱
眺望云霓

荒漠跋涉
你是清甜的泉水
孤军突围
你是高扬的旗帜
黄钟毁弃
瓦釜雷鸣

你轻轻地告诉我
要坚持

你给我
如火如荼的思念
你给我
冰清玉洁的爱情
你给我
男儿的血性
你给我
仰视明月的安宁

哦　面对这
眼花缭乱的世界
你朴素的美丽
竟让我如此倾心

此系作者作于上世纪八十年代初,原题《信念》

故乡的小河

故乡的村旁有一条小河
粼粼的波光在河面闪烁
稀疏的芦苇随风摇曳
沙沙的响声伴着我的儿歌

为了心中的梦想
告别了故乡的小河
悠长的堤岸依依惜别
缓缓的流水一程又一程地送我

经历世间的风雨
走过人生的坎坷
见识了斑斓瑰丽的风景
惊叹那名山大川的磅礴

哦……
深深的思念在梦中荡漾
依然是故乡那条无名的小河

父 亲

我出生的时候
你正在烽火的前沿
背负着多难的民族
艰难地前行
那时候　你很年轻

早春的午夜
你仆倒在冰凉的路上
双手捧给我的
却是一个温暖的黎明
那时候　你很年轻

时光如流水不舍昼夜
二十六岁成了你生命的永恒

我一直不敢擅自地老去

因为你哟　父亲

永远是那么年轻

青春在微笑

岁月
匆匆的岁月
带着青春
从鬓边耳畔发间
悄悄地
离开
离开我的身体
还有
我心中的世界

于是
这生活
浓了经验
淡了色彩

多了宁静
少了澎湃

夕阳
点燃晚霞
用绚丽
抚慰我的寂寞
可我知道
衰老
趁着朦胧的夜色
正在
悄然走来

其实
青春并未远去
它羞怯地
躲在我的心里
眯着眼睛
像是小憩
又好似在等待

我用初衷
慢慢地滋养

我用好奇

轻轻地呼唤

青春醒来

青春　醒来

山泉喷涌

清风徐来

宇宙浩渺

混沌初开

在我的眼前

展现出

一个魅力四射的

未知世界

已知

不过是

未知的扉页

无限的未知

浩如烟海

其实

还远在

烟波浩渺之外

每一个生命
都是一个
神秘的宇宙
无边无际的宇宙哦
你包容了
多少　微小
而独特的存在

于是
理智的激情
淡定的澎湃
沧桑的率真
平静的豪迈
还有
求知的渴望
以及喷涌而来的
灵感
在我的血管里
萌发　舒展
饱满而又从容地
蓬勃起来

已非

昔日的豪情
也不是
曾经的沧海
淡去了
世俗的浮华
拂拭了
虚幻的色彩

无边无际的
宇
还有
无始无终的
宙
用一束
柔和而犀利的
光
照亮了
未来与过去
温暖着
身心与身外

岁月
如流水般地逝去

留下了
永恒的瞬间
未知
难以想象
却又真实地存在

山间
跳跃着
欢快的小溪
它在寻找
奔腾的河流
河流
日夜兼程
向往着
浩瀚的大海

不必
打点行装
只需
束紧些背带
跟随
浩荡的队伍
去追寻

那伟大的梦想
参与并见证
那无可比拟的
崭新境界

青春
不会衰老
也不曾远去
它正调皮而神秘地
向我微笑
似乎在说
好奇永在
我便永在

忽然发现
人生啊　人生
短了过去
长了未来

贵宾楼记

这豪华的贵宾楼
建在一个新近崛起的城镇
不久前　这里还是地道的农村
我漫步在宾馆优雅的庭院
乡村的变化令我惊奇而振奋

一个农妇迎面走来
手执扫把　显然是宾馆的杂工
她主动地与我攀谈
这里的老屋古树池塘
曾是她的祖宅和家园

城镇的楼房舒适敞亮
可心里　总不踏实

仍去务农家里又已无地可耕
特别是丈夫原本心窄气短
竟为此事而郁郁丧身

现在的生活还算不错
只是 每经过这座大楼
心里便有点儿落空
感谢宾馆为我留下这个念想
我的丈夫　名字就叫王贵宾

闪　电

从不追求
语言的技巧
更不屑于
那一类小技雕虫
撼人心魄的魅力
从何而来
全在于
自信　坦率　真诚

胸中
自有坚贞的信念
化作霹雳
去雷厉风行
岂甘

在艰危面前却步
踏着荆棘
要叩击真理之门

坦率
是维护尊严的法宝
也是对他人
应有的尊重
逢迎
不过是虚幻的蜃景
敞开心扉
才会有真正的沟通

这世界
真是多姿多彩
虚伪和苟且
正在流行
闪电舍身
划破阴霾的浓重
大雨滂沱
纵情恣肆
天地为之热泪纵横

2001年9月于布鲁塞尔

不息的河

用音乐诉说
以节奏传情
将一个民族的历史
化作脚步声声

缓如叮咚的泉水
急似骤雨雷鸣
沉重时
也有叹息和哀婉
但从来不曾
绝望和颓唐

千百年繁衍生息
一次次顽强抗争

尽管
被命运抛洒天涯
这儿
依然是
梦绕的家园

从远古
流到现在
在曲折中
奋然前行
好一条
奔腾不息的长河
一个不屈民族的象征

2001年9月于都柏林

海峡行吟(五首)

(一)

相思树上相思鸟
相思之情何时了
海上明月圆复缺
榕树丝缠万千条

(二)

相思鸟啼不忍闻
相思花开倍销魂
海峡潮涨相思水
破雾扬帆早登程

（三）

水复复

山重重

心潮如浪涌

举目望金门

一片迷蒙烟雨中

山隔中

水阻中

相见在梦中

但愿梦里天气好

海峡如镜帆如云

1980年夏,我在厦门海边眺望金门,海上烟雨迷漫,身后崖岸上,细叶白花的相思树层层叠叠,摇曳不停。

(四)

见山亲

见水亲

岛内处处是乡音

执手相看鬓如雪

如何不动心

忆往事

不忍听

风雨神州叹飘零

共话百年复兴梦

如何不动心

(五)

来匆匆

去匆匆

将离情愈浓

与君离别意

一片绵绵细雨中

2010年12月17日至24日我访问台湾,匆匆七日,恍如梦中。离台当天,适逢潇潇细雨,倍添离情。

寻找与守望

拨开岁月的迷雾
远离现代的喧嚣
攀援峭立的山崖
踏遍荒草萋萋的古道

寻找　寻找　寻找
一千遍一万遍地寻找

寻找源头
寻找根脉
寻找回家的小路
寻找我的魂牵梦绕

多少个严寒酷暑

多少个孤灯通宵
凝视你尘封的斑驳
感受你会心的微笑

守望　守望　守望
一千年一万年的守望

守望初衷
守望未来
守望精神的家园
守望一个民族的骄傲

秋日情怀

春的绚丽去了
似天空飘散的云影
回忆中蜂喧蝶舞
没留下一丝温馨

夏的热烈去了
如林间沉寂的蝉鸣
印象里热浪翻滚
没留下一片绿荫

这浮华的季节
太多的欲望
还有奢侈的梦
躁动着一颗颗不安的心灵

秋的凉爽来了
似山谷清澈的流泉
丛林拉开绿色的屏幕
一树红叶亭亭相迎

寻你经历了一个世纪
分手又仿佛就在昨天
害你在霜天里苦等
是不忍我跋涉中的孤单

在这清冷萧瑟的旷野
在这万木疏落的枝头
你迎风飘扬的旗
让我清醒得热血沸腾

冬的寒峭来了
朔风呼啸着掠过山林
携你去探索这奥秘的世界
看满天飘撒洁白晶莹

墓前絮语

四月之初的东京
应是樱花盛开的季节
我应邀来赏樱花
却因暖冬误了花期

四月之初的东京
应是你我重逢的时刻
我应约来会故友[1]
却只能伫立在你的墓前

啊！先生
樱花谢了，明春仍会灿烂依然
你匆匆而别，我向谁
倾诉这无尽的思念

注：

[1] 日本著名作家、音乐家、日中文化交流协会原会长团伊玖磨先生,毕生为日中友好而奋斗,2001年访华,突发心脏病,在苏州病逝。2003年春,我于访日期间,为其扫墓。先生的公子团纪彦暨夫人携女儿飞鸟、遥香陪同。

请不要叫我孤儿
——谨献给汶川地震中所有为救护孩子而死难的母亲、父亲、老师和亲人们

不
不要
不要哦
请不要叫我孤儿
我的妈妈和我
一刻也未曾分开

山崩地裂的时刻
她在
无边的黑暗之中
她在

当轰隆的响声

把世界颠覆

生命与希望

被废墟掩埋

可是　我的天地

安然无事

沙土　瓦砾

钢筋　石块

纷纷迸落在

我的身外

哦　妈妈

是你　用鲜血和生命

为我筑起

一块平安地带

你柔弱的身躯

竟有如此神奇的力量

任沙石横飞

瓦砾倾泻

似一尊

背负大山的铸像

不摇　不动　不改

——请不要叫我孤儿

躬身俯首
与死亡抗争
捍卫你的希望和至爱

哦　妈妈
你一直深情地
俯身看我
嘴角凝着微笑
眼里饱含着慈爱
鲜血和泪水
从你的脸颊
一滴　一滴　一滴
流下来

"亲爱的宝贝
我爱你!"
这是你留给我
最后的遗言
它深厚绵长
无穷无尽
温暖我的一生
也温暖着
我生活的这个世界

哦　妈妈

我会永远记住

天崩地裂时

你注视我的眼神

它给我善良

给我勇敢

给我不屈的品格

给我一个男子汉的气概

我知道

此刻　你正在天堂

俯身看我

看我擦干眼泪

看我坚强站立

看我快乐长大

看我坚定地

走向未来

哦　妈妈

我在你的怀里

待得太短

这短暂的缘分

幽远绵长
恩深似海
我也爱你哟
亲爱的妈妈
我将用一生来证明
怎样报答你的爱

不
不要
不要哦
请不要叫我孤儿
我的妈妈与我同在
人生的路上
不会孤单
因为　我拥有
山一样的恩情
海一样的深爱

祖父谈人生

人生真的不容易
历不尽的艰难困苦
看不透的来龙去脉
辨不清的是非曲折
了不完的恩爱情仇

人生其实也简单
一句话——推己及人
四个字——忠孝节义

铃铛谣

响起来　响起来
铃声响时心扉开
足迹留在千里外
风情万种带回来
……
漫道往事如云散
岁月有声常萦怀

想起来　想起来
铃声有如相思带
串联曾经山与水
系住友情系住爱
……
漫道人生淡如水

平淡自有大自在

> 昌华君酷爱搜集各国各地铃铛作纪念,作《铃铛谣》以赠。

背后,那深情注视的目光

纵情地奔跑
纵情地嬉闹
踢飞路面的石子
践踏雨后的水洼
任心花和水花
四处溅射

追逐蜻蜓
追逐云影
追逐如诗如画的明天
少年的心
犹如脱缰的野马
一个劲地向前　向前

我是你

放飞的风筝

有一根丝线紧紧相连

你视我如阳光一缕

融化你

冰结的忧伤与艰辛

可我　常常忽视你的牵挂

贪玩和粗心

充满了我的童年

离开家乡

离开校园

带着思念

带着叮咛

投身纷扰的社会

体验五味杂呈的人生

经历艰难与困惑

品尝顺利与欢欣

浮华与虚幻

也曾迷离双眼

真谛和清纯

——背后,那深情注视的目光

总在苦苦追寻

你是我
爱的港湾
在风雨中守护童心
用汗水浇灌荒漠
我多想给你
满地鲜花　晨露晶莹

不敢有丝毫的懈怠和苟且
因为我知道　背后
有你深情注视的眼睛

母亲的眼睛

年年岁岁　岁岁年年
有一份温馨永远相伴
那是母亲深情的眼睛
……

我是你放飞的风筝
有一根丝线紧紧相连
你把我当作阳光一缕
融化你冰结的忧伤与艰辛

早也眺望　晚也眺望
晴也担心　雨也担心

可我常常忽视你的牵挂

贪玩和粗心充满了我的童年

你是我挚爱的港湾
在风雨中守护着童心
你用汗水浇灌荒漠
我多想给你满地鲜花　晨露晶莹

年年岁岁　岁岁年年
人生漫漫　风雨兼程

啊　母亲
我不会在鲜花和荆棘丛中迷失
因为有你深情注视的眼睛

歌词。根据《背后,那深情注视的目光》改写。

平民英雄

他是饮誉全球的明星
为他颁奖　无需我多做说明
人们往往记住他头上众多的桂冠
可别忘了　他满身累累的伤痕
他的成功浸透了汗水和泪水
他是一个地地道道的平民英雄

他的威名响遍世界
每次亮相　都如虎跃龙腾
人们赞叹那浑身的功夫了得
更应记住　他有一颗柔软的爱心
许多孩子无缘见识他的武艺
身陷绝境　才认识这位素昧平生的好人

他拥有众多的荣誉和崇拜
他的报答　总是更多地关注他人
关注那些在风雨里摇晃的身影
关注那些在逆境中奋然拼搏的生命
关注那些攀登时急需拉一把的手臂
希望自强者都能有一个美好的人生

为他颁奖是我的荣幸
他也是我尊敬和热爱的英雄
虽然我比他年长十岁
但我愿意　真的很愿意
与同学们一起
称他一声成龙大哥

此系作者2007年在北京大学百年讲堂为"影响世界的十位华人"之成龙颁奖时的致辞

我去看世界

我去看世界
世界犹如百花开
新颖神奇
千姿百态
世界真精彩

我去看世界
世界也在看着我
从容自信
热情友爱
潇洒又豪迈

我是你
一道靓丽的风景

你是我
心中深深的挚爱
世界和我
我和世界
永远分不开

六十周年国庆又逢中秋

国满甲子
时逢双节
算来多少回圆缺
其间阴晴风雨
更难细说
无需细说

往事如潮
波澜壮阔
胸如扬子浪千叠
任他艰难曲折
心也常热
胆也常热

深情的百花

漫天的雪花还在飘飘洒洒
枝头的新芽已在悄悄萌发
北归的大雁正在日夜兼程
辽阔的大地响彻春天的步伐

啊！又一个充满希望的开始
又一次创造辉煌的出发
又一轮春风　夏雨　秋夜月
又一个五彩缤纷的好年华

用什么表达我火一样的激情
唯有这盛开的百花
用什么寄托我海一样的思念
唯有这深情的百花

啊
盛开的百花　深情的百花
万紫千红
开遍了天涯

春的思念

常恨金瓯缺
终见香港归
欲向九霄祭
我自泪纷飞

伟人已远去
大地沐春晖
香江明月夜
思念如潮水

1997年7月1日,香港回归祖国,是夜,大雨滂沱,感慨万千,遂成四句。2007年中秋,香港各界举办晚会,隆重纪念香港回归十周年,策划者索歌,于是,再续四句,合成一首。董建华先生后来告诉我,当时,听到"伟人已远去"一节时,全场掌声骤起,他本人更是热泪盈眶。

纪念塔前口占

山河多秀丽
壮美属此城
对塔思艰危
犹闻呐喊声

城是徐州,塔为淮海战役胜利纪念碑。

赠友人

金陵同窗少年时
坎坷人生今始知
肝胆未随容颜老
执手彭城两依依

别徐州

此身何幸任徐州
青山秀水客情稠
岂向庙堂寻烟火
甘为斯民作马牛
治理无绩愧父老
振兴有望赖风流
料得日后相思梦
常在黄河古渡头

霜径行吟

百年回首意如何
风雨神州感慨多
胸怀无限家国事
心似千叠扬子波
浮云轻拨舒望眼
鼙鼓重敲决网罗
红叶情真天赐我
从此人生不蹉跎

在莫斯科惊闻"9·11"

犹如霹雳来天外
登峰造极举世惊
祥云曾祈千年愿
阴霾或随一声临
痛心疾首哀无辜
追根求源探深因
漫道世事如麻乱
纵横捭阖争太平

少年行

霞染征帆紫
日照我心红
愿为舟上子
破浪乘东风

白首之歌

白首未可言老
少年情怀犹存
且听放歌一曲
依然撼地凌云

静待云开月朗时

世事纷纭未可知
冬去春来总无疑
漫道阴霾可遮日
静待云开月朗时

夏荷亭亭

夏荷亭亭秋菊黄
冬来腊梅彻骨香
春草绿遍天涯路
好花无处不芬芳

读《宁夏颂》

案头如山积
偶得纯博文
初看惊书美
潇洒亦雄浑
飘逸透灵气
碑帖见苦功
待品诗中味
忽觉心相通
殷殷报国意
源自乡土中
一卷常在手
犹如沐春风

青海日月山

山近日月
地接青黄
公主西行
万代流芳

日月山在青藏高原和黄土高原的分界处。当年,文成公主由此进藏。

酒泉怀霍去病

久仰霍去病
今日吊酒泉
成败无多问
与民共苦甘

酒泉位于甘肃河西走廊。汉代名将霍去病在此大败匈奴,汉武帝赐酒犒赏,霍将酒倒于泉水之中,与士卒共饮。酒泉地名由此而来。

儋州怀苏轼

吾爱先生豪放词
今从儋耳识君诗
平生功业三州甚
茅舍堂前有所思

儋州又称儋耳,在海南岛,与黄州、惠州同为苏轼贬谪之地。苏在贬谪逆境中,关心民间疾苦,兴办教育,开启民智,为当地百姓做了许多实事,其功绩广为流传。苏本人亦引以自慰,晚年有诗云:心似已灰之木,身如不系之舟,问余平生功业,黄州惠州儋州。

千年浩叹说放翁

闻名缘由伤心事
小园桥柳无不同
铁马冰河红酥手
千年浩叹说放翁

沈园,宋代园林,在今浙江绍兴市内,因陆游唐琬的凄婉爱情而闻名于世。铁马冰河,陆游诗"僵卧孤村不自哀,尚思为国戍轮台,夜阑卧听风吹雨,铁马冰河入梦来"。红酥手,陆游唐琬伤别词。

韩城祭司马迁

百折不挠　遂成千古绝唱
包羞忍耻　愧煞万世男儿

司马迁,西汉伟大的思想家、史学家、文学家,中国第一部传记体史书——《史记》的作者。太史公生前蒙冤受屈,死后不知所之。其死时死地死因至今不明。陕西韩城市芝川镇西南的山岗上留存司马迁祠,祠后有衣冠冢一座。凭台远眺,黄河远去,大地苍茫,令人百感丛生。

涿县仰怀人文三祖

文明开涿鹿
浩然五千年
炎黄称始祖
蚩尤可比肩
多元熔铸力
一脉中华魂
仰怀情无限
万里好河山

涿鹿,中华远古文明发祥地之一,现为涿县。传说,四千六百年前,黄帝与九黎部落的首领蚩尤在此大战。蚩尤战败被杀,血洒群山,化为枫叶如火。黄帝封蚩尤为战神,将其头像画在旗帜上。涿县现存纪念黄帝、炎帝、蚩尤的人文三祖庙。

雨中游张北感赋

坝上激情处
张北大草原
电由风力起
人为曲儿癫
往事成遗迹
未来着先鞭
适逢潇潇雨
景色分外妍

张北县隶属河北张家口市，是全国风力发电重要基地，境内有元代中都城遗址，张北县创办的草原摇滚音乐节盛况空前。

蔚州感怀

京西明珠非虚夸
蔚州文化灿若霞
巧夺天工剪纸艺
激情四射打树花

蔚州,即张家口市蔚县,古代燕云十六州之一,全国著名的剪纸艺术之乡。打树花,一种发源于蔚县暖泉镇的独特的民间表演艺术,表演者用水浸的木勺将沸腾的铁水向城墙上泼洒,铁水飞溅,漫天火花,蔚为壮观。

夜访银达村(二首)

一

终于陇上行
夜访银达村
一句殷殷语
夜夜读书声

二

银达村里户户空
农民社戏正火红
陇剧演绎《摔罐子》

台下时闻唏嘘声

银达乡位于甘肃酒泉市,上世纪五十年代,农民夜校和文化活动闻名全国。为此,毛泽东主席曾予以热情赞扬和高度评价。毛泽东的批语至今仍矗立村头,农民爱文化、学文化,五十多年,未曾中断,蔚然成风,已成传统。《摔罐子》系农民自编自演的有关孝敬老人的陇剧。

沙声泉影两依依

月牙泉水泛清漪
沙鸣犹如动地诗
大漠深处此地好
沙声泉影两依依

后　记

奉献给读者诸君的这本诗文选,收入我的散文、随笔等各类文章四十一篇,诗歌五十首。

所收散文随笔等多为近些年的作品,其中三分之二左右的作品曾先后发表于各种报刊,三分之一系这次首发。至于诗歌,我喜欢而不擅长。往往随写随丢。这次所收的四十八首,创作的时间跨度较长,不少作品,其具体创作时间已难以记清。少数作品曾发表于报刊,多数作品这次属于首发。

近几年,曾先后出版了《文化境界》、《追求与梦想》、《文化如水》三部著作。其中的文字,基本可分为两大类,一是阐述我对于文化、文化建设以及某些社会问题的观点和看法;再就是介绍,特别是向国外介绍和说明当代中国的文化及社会发展的状况、趋势和国家的方针。

如果说这本诗文选与以前出版的三部著作有什么不同,

那就是，以前的著作，更多的是出于职责，离工作更近一些；而这本诗文选，更多的是出于主观的感受，似乎离自己的思绪和情绪更近一些。当然，一切都是相对而言，特别是作为个人思想和情感外化之文字，无论文体、格式，均有着内在的联系和本质的统一。

感谢人民文学出版社管士光社长的鼓励和支持，感谢本书的责编杜丽女士及有关朋友的智慧和辛劳，有了他们的关心和帮助，才使这本书得以顺利面世。

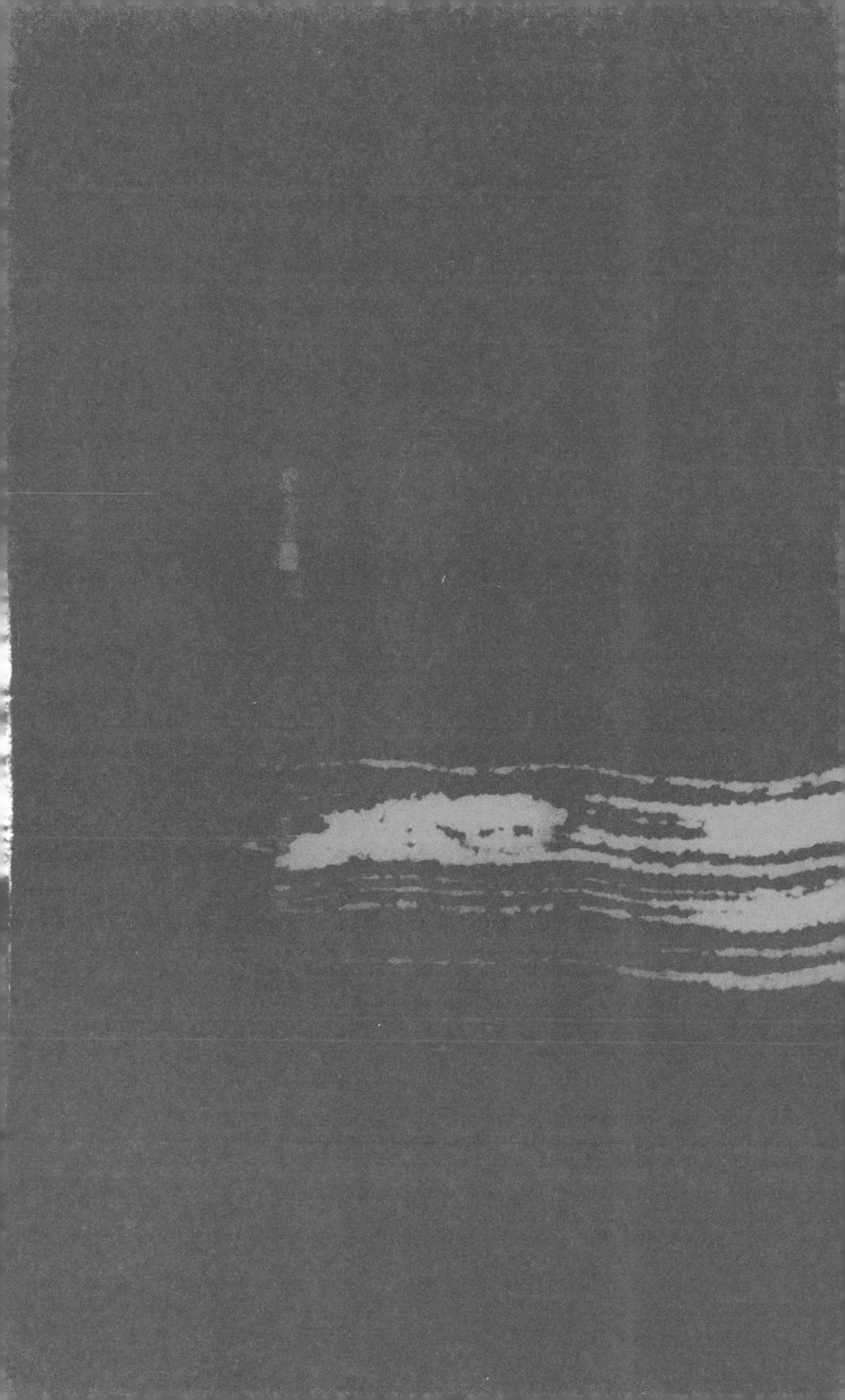